舟中人

细读张岱

张则桐 著

浙江古籍出版社

图书在版编目（CIP）数据

舟中人：细读张岱 / 张则桐著. -- 杭州：浙江古籍出版社，2025.7. -- ISBN 978-7-5540-3318-0

Ⅰ. I207.62

中国国家版本馆 CIP 数据核字第 2025UB6599 号

舟中人：细读张岱

张则桐　著

出版发行	浙江古籍出版社
地　　址	杭州市环城北路 177 号　310006
网　　址	https://zjgj.zjcbcm.com
责任编辑	伍姬颖
封面设计	吴思璐
责任校对	吴颖胤
责任印务	楼浩凯
照　　排	大千时代（杭州）文化传媒有限公司
印　　刷	浙江海虹彩色印务有限公司
开　　本	787×1092mm　1/32
印　　张	7.875
字　　数	130 千字
版　　次	2025 年 7 月第 1 版
印　　次	2025 年 7 月第 1 次印刷
书　　号	ISBN 978-7-5540-3318-0
定　　价	52.00 元

如发现印装质量问题，影响阅读，请与印刷厂联系调换。

张宗子的热闹和冷寂(代前言)

明末清初的散文家、学者张岱是一位有话题的人物,当代作家章诒和的一篇《若生在明清,就只嫁张岱》引发了一众读者对张岱的兴趣。一个严肃的学术公众号在推介译文版《夜航船》时也用了这样辣眼的标题:"明末第一才子张岱,迷倒无数女性 | 有趣,方是一个人的顶级魅力。"这话说得张岱似乎成了全国女性心目中的男神。贴在张岱身上的标签还有不少,小品文高手、美食家、园林设计者、段子手……张岱著作的某些内容与这些标签是有关联的,在当前的文化氛围里,张岱似乎比较热闹,读一点张岱的文章成了所谓"标配"。张岱真的像被贴上的标签那样吗?他的真实面目如何?怎样才能走近张宗子的生活和他的内心世界呢?如何认识评价张岱的价值?

一

张岱活到了90多岁，以明朝灭亡为界，更确切地说，应以鲁王监国的绍兴沦陷为界，他的人生上演了热闹和冷寂两种截然不同的剧本。他的前半生，靠着家族的声誉、殷实的家产和聪颖的天资，享受晚明江南社会宽松的思想文化氛围，华美的园林、精致的美食，及"声色俱丽"的家庭戏班，养成了高超的眼光和品位。从张岱《家传》和其他诗文来看，明亡前，张岱的家境固然殷实，但称不上豪富，与钱谦益、董其昌及同城的祁彪佳不能相比，他们既有大名，又富钱财。张岱父亲一生埋头于科举，却屡战屡败，最后只得选贡做了一任鲁王府长史。张岱的家资主要是靠他的母亲陶宜人辛苦积累起来的。张岱在科举之途也命遭磨蝎，和他的父亲及乡前辈徐渭同样坎坷辛酸，在《客有言余为徐文长后身者作诗哂之（其八）》（《沈复灿钞本琅嬛文集·五言绝》）云："君策为刘蕡，予命属摩蝎。岂有十五场，场场遭辣刷。"徐渭八次乡试而不中，张岱从20多岁到50岁之间，也屡屡败北，他这里所说的"十五场",不应该全是乡试考场,也包括岁试。崇祯八年(1635),浙江提学副使刘鳞长对绍兴生员进行岁试,张岱被判了五等,虽然由祁彪佳出面请时任宁波府推官的李清向刘鳞长说情请求关照,但刘鳞长坚持原来的判定,张岱的困窘可想而知。此后,张岱花钱捐了一个南京国子监生的资格,崇祯十一年(1638)自九月到年底他都在南京活动,应与国子监生的身份有关。但在明亡前张岱依然没能在科场告捷,他依然只是一名生员,这也成为后来鲁王小朝廷某些人攻击他的把柄。明亡前的张岱,以自己品鉴戏曲、茶水和书画古董的功力结交了一批文艺圈的朋友,他从崇祯元年(1628)开始着手编撰明代纪传体通史《石匮书》。写作之余,他的生活是热闹的,充满艺术气氛。

崇祯皇帝自缢煤山,宣告明王朝的覆亡,由马士英等人扶持的南京福王政权也不到一年就灭亡了。清军攻占杭州后,张岱在绍兴城里积极活动,变卖家产组织义军,在绍兴和台州之间往返数次,迎接鲁王朱以海来绍兴监国,他的表现引起了鲁王小朝廷一些人的嫉恨。他还受到方国安的威胁,被迫躲进山里著书。

绍兴失守后,他又为躲避清兵而住在嵊县西白山中。直至顺治六年(1649)才回到绍兴城里,租住在卧龙山北麓的快园,此时他已由殷实优雅的士绅变成没有田产宅舍的无籍之民。后半生的张岱,子女众多,需要亲自担粪种田,还要面对成年的儿子啃老不愿负担家累的艰难,并且遭遇了心爱的女儿因难产而夭亡的痛苦。他的交游圈子基本上是绍兴本地的老朋友。《石匮书》写成后,还受到当时掌握言论权的人士的批评。后半生的张岱是冷寂的,无论是在清初的官方还是遗民社会,他都处于边缘状态。他的大部分著作在他生前身后都没有刊刻,只有极少数人读过。后半生的张岱,在应付诸多生计问题的同时,仍然于寂寞之中著书不辍。他的大部分著作都是后半生写成的,这要一种怎样的耐力和坚守才能完成!在如此艰辛的条件下,他还活到90多岁,这不能不说是个奇迹。冷寂之中才见出一个人的真本色,从这个角度出发,我们可以重新认识张岱。

二

张岱辞世以后，他的著作多以稿本的形式在民间流传，一些受到读者激赏又得到有力者资助的著作，如《陶庵梦忆》《琅嬛文集》《史阙》等刊刻问世，扩大了它们流播的范围。还有一些勤快的有心人，在张岱的一些著作不能刊刻时，将其抄写下来，使人间多了一个副本，沈复灿应该就是这样的人。清代一直都有欣赏张岱著作的文人，他们像跑接力赛一样传递着张岱的文字。直到张岱去世两百年后，周作人、俞平伯、沈启无、林语堂等作家发现了张岱散文的现代价值，开始重刊张岱的诗文集，把张岱的散文作品选入各种选本，撰文评介张岱散文的特色和价值。最后形成了周作人《中国新文学的源流》中关于张岱散文的结论：张岱的散文融合了公安、竟陵两派散文之长，是晚明小品的集大成者。像袁中郎一样，张岱也被贴上了性灵派大师、晚明小品殿军等标签，跟随"晚明小品""袁中郎"，也热闹了一番。但从20世纪40年代以后，晚明小品又被冷落，张岱的散文也随之趋于冷寂,读者稀少。周作人、林语堂发起的"晚明小品热"使张岱散文在文学史教材及各种古代散文选本里占据了一席之地。这些书里关于张岱的介绍和评价基本上延续了周作人《中国新文学的源流》的观点。

20世纪80年代初,读书界和学术界开始关注张岱和他的著作,黄裳先生以张岱为题材的系列书话产生了较大的影响,如《绝代的散文家——张宗子》,单凭标题就给读者强烈的震撼。夏咸淳先生《明末奇才——张岱论》是国内第一部研究张岱的专著。20世纪90年代,晚明小品再度成为读书热点,张岱的散文作品也一再被编印出版,研究张岱散文的论文也不断出现,张岱似乎又热闹起来。进入新世纪的20年里,可以2012年张海新《水萍山鸟:张岱及其诗文研究》的出版分为前后两期,从2000年到2012年,胡益民、佘德余、张则桐、张海新相继出版张岱研究专著,是张岱研究成果出版最为集中的阶段,同时也有数量可观的专题论文和学位论文。

从2012年直至当下,浙江古籍出版社启动了《张岱全集》的出版工作,该社青年学者路伟是当代的有心人，在宁波天一阁等图书馆发现了沈复灿抄本《琅嬛文集》、《陶庵梦忆》抄本和《快园道古》绍兴抄本缺少的五卷等。这些文献的发现大大丰富了张岱诗文作品总量，关于张岱生平和思想一些模糊的、有争议的问题有了清晰的结论，路伟之于张宗子散佚著作，厥功实伟。另外，一些一直以抄本存世的张岱著述如《瑯朗乞巧录》《陶庵对偶故事》等也整理刊印。还有一些张岱流行的著述如《夜航船》，一般是以宁波天一阁的观术斋抄本为底本而整理刊印，2020 年路伟又发现了另外一个更早抄本，使浙江古籍出版社新版《夜航船》更趋完善。这些著作的出版在读书界产生了一定的轰动，销量也相当可观，加上《陶庵梦忆》《西湖梦寻》《夜航船》等各种版本的大量涌现，说明读者对张岱的著述是非常欢迎的，阅读张岱甚至成为一种时尚。近 10 年是张岱著述出版最为密集的时期，只要稍稍留意，我们即可读到张岱存世的绝大多数文字。张岱在读书界虽然还未达到清中叶"见面不谈《红楼梦》，饱读诗书也枉然"那样火爆的地步，但也保持着较高的热度，这在古代作家中也并不多见。

然而，就在张岱著述如火如荼地陆续出版，掀起一波一波阅读热潮时，张岱在学术界却遭受了冷遇。2012年至今，没有张岱研究专著出版，相关论文的数量也趋于减少，不少文章出自在读的硕士研究生之手。冯宁宁的《张岱哲学思想研究——以〈四书遇〉为中心》是2017年浙江大学博士论文，也是此阶段唯一一篇以张岱为研究对象的博士学位论文。2017年春季，绍兴文理学院越文化研究中心向全国各地的学者广发通知，拟于当年下半年在绍兴举办张岱研讨会，结果令主办方非常尴尬，他们只收到4篇论文，这应该就是发表在《中国越学》第9辑张岱研究专栏的4篇文章。作为张岱研究者，笔者事后了解这一状况也颇为伤感。张岱在学术界已经十分冷寂，可能连唐宋三流的诗人、词人都不如，也远不如明清文学中的王士禛、沈德潜、翁方纲等人有热度。他遭遇了古典文学学术界的集体冷遇，这当然与近十年来的学术风尚、学界考评机制等因素有关。

读书、出版界的热闹和学术界的冷寂同时汇集于张岱，上演冰火两重天的大戏，若起张宗子于九泉之下，不知他将作何感想。

三

晚明是一个复杂难解的时代,多年来其政治、社会生活、学术风尚、文学艺术等一直引起学术界和读书界的关注,相关著作也不断涌现,其中不乏《万历十五年》那样的精彩之作。对晚明人物、文学艺术的评价由于研究者立场和视角的不同会产生很大的差异,现代文学史上关于"晚明小品""袁中郎"的公案充分显示了理解、评价晚明人物和晚明文学的困难。在研究过程中,有时会碰触到现实的敏感问题,也使研究者难以评说。晚明是中国社会从本质上发生转变的时代,过去称为资本主义萌芽的出现,当下我们更倾向于用社会变迁来表述这一趋势,在这样的大背景下出现了一些前所未有的社会现象、思想言行奇特的人物和突破传统表达方式的文学艺术。深入地理解并准确地评价这些现象、人物及文学艺术并非易事,我们习用的模式和方法都已不太适用,有的相关著作显然是削足适履的结果。正是由于晚明社会与近四百年来中国社会的发展趋势密切相关，与当下社会仍有千丝万缕的联系，晚明社会、晚明人物、晚明文学艺术对后代读者有强烈的吸引力。阅读晚明，感受一切历史都是当代史。

张岱就是最让人着迷的晚明人物之一。他的文字干净、漂亮，能让读者产生惊艳的感觉。在当今众多的张岱粉丝中，有不少是读了张岱一两篇散文就一见倾心，这应该也是阅读张岱成为时尚的重要因素。当下，张岱被贴上了不少标签：性灵文人、晚明名士、美食家……仅仅通过张岱一两篇文章就给他贴上一个标签，显然是不妥当的。

《陶庵梦忆》中有一则记张氏府上的门客张东谷的文字："东谷善滑稽，贫无立锥。与恶少讼，指东谷为万金豪富，东谷忙忙走诉大父曰：'绍兴人可恶，对半说谎，便说我是万金豪富！'大父常举以为笑。"本来贫无立锥，恶少诬他为万金豪富，张东谷却指斥为"对半说谎"，意即自己是有五千金资产的，这里有虚诳、谐谑，也有辛酸。在文字的世界里，张岱与张东谷的表现比较相似，他经常在文字里半真半假，一本正经地吹牛、玩噱头。假如活在当下，相信张岱可以成为一名出色的段子手。

"知人论世"的学术传统对于理解张岱及其作品尤为重要。通过全面研读张岱的著作，结合明末清初的时代和绍兴地域文化背景，尽可能清晰地梳理、勾勒张岱的人生经历和具体细节，在晚明思想、学术及文学、艺术风气的背景下，理解张岱的文艺思想和文艺创作，透过张岱设下的文字圈套靠近他写作的真正意图。张岱的文字与他的真实面目之间有着强大的张力，就像他在《自为墓志铭》上所叙述的那样，充满了矛盾：看似洒脱不羁，现实中却严谨而合于礼法；看似通透，却又有执着纠结之念；看似风流享乐，后半生却艰难困苦。

近十年里，我多次去绍兴寻访张岱的遗踪，卧龙山南的张家状元台门所在地，卧龙山北的快园，香炉峰，平水镇，日铸山，绍兴城北的越王峥、项里和张宗子终老之地……徜徉漫步在这些地方，想象三百多年前张岱在这些地方读书著述、抱瓮灌畦，喝茶看戏，于是对张岱多了几分感性的了解和认识。张岱充满戏剧性的一生和矛盾纠结的内心世界就在这山巅水涯、白墙乌瓦间如传奇一样演绎出来，作为观众，我的情绪也跟着剧情起伏跌宕，千回百转。尤其是张岱的终老之地，在今柯桥区党校一带，那里有山，有水；可风，可月；能耕，能钓。漫步此处，忽然想起钟惺在《浣花溪记》里称赞杜甫："穷愁奔走，犹能择胜，胸中暇整，可以应世。"张岱《自为墓志铭》说："曾营生圹于项王里之鸡头山……伯鸾高士，冢近要离，余故有取于项里也。"在这里可以真切地感受到古人精神的深度和厚度。

目录

1　张宗子的热闹和冷寂（代前言）

002　狂欢与包容
　　——《西湖七月半》新论

019　看雪情结与经典翻转
　　——《湖心亭看雪》的另一种读法

033　往事的安放与书写
　　——读《梦忆序》

045　夜航船中的知识和学问
　　——读《夜航船序》

054　与古代经典的邂逅相遇
　　——读《四书遇序》

068　明末清初越中士人饮食观念的自省
　　——从王思任《五簋斋铭》到张岱《戒杀诗》

082　兰香与时尚
　　——《闵老子茶》中的茶艺和茶道

099　清初饮茶的经济学和美学
　　——《见日铸佳茶不能买嗅之而已》发微

- 107 一座最懂昆曲的城市
  ——读《虎丘中秋夜》
- 119 空间的诗意和园亭记的章法
  ——《于园》细读
- 131 市井艺人的诗意
  ——《柳敬亭说书》的文化形态探析
- 145 明末江南家乐班主素描
  ——《朱云崃女戏》笺证

- 162 真实的尺度和传记的新境界
  ——读《家传》《附传》《五异人传》
- 180 晚明越中文人的心灵文本
  ——徐渭《自为墓志铭》和张岱《自为墓志铭》对读
- 192 被写入史书的李贽
  ——读《石匮书·李贽列传》
- 206 观照西方文化的立场和思维
  ——读《石匮书·利玛窦列传》
- 221 热闹和苍凉
  ——《扬州瘦马》的人性之思

- 233 后 记

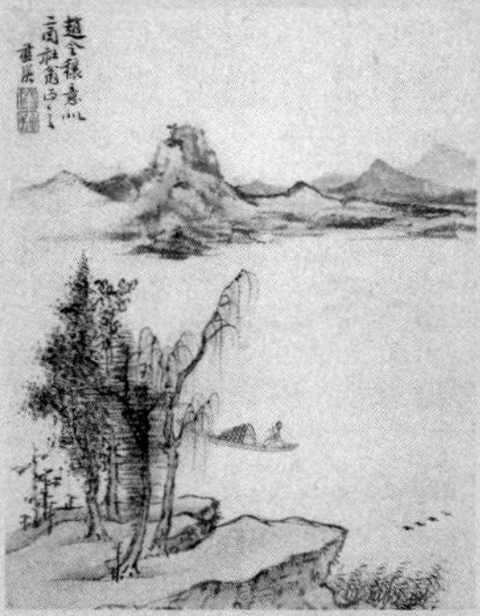

狂欢与包容
——《西湖七月半》新论

《西湖七月半》是张岱的散文名篇,自20世纪30年代以来被选入各种古代散文选本和大学文科教材,应该算是张岱影响最大的作品之一。《西湖七月半》的笔调轻松、幽默,读者会饶有兴趣地跟随张岱的叙述去感受西湖七月半的热闹喧阗。如何理解《西湖七月半》所叙写的内容和表达的旨趣?朱东润主编《中国历代文学作品选》下篇第一册此文的解题说:

> 本文介绍了当时杭州人七月半游西湖的盛况,而且生动、形象地描绘了封建士大夫和所谓风雅之士的庸俗丑态。不过,作者所自诩的那种高雅生活,也还是封建文人自命清高的情调。

这样的评说带有鲜明的20世纪60年代初的意识形态痕迹,对士大夫和包括作者在内的风雅之士持批评态度。由于这套教材的巨大影响力,这段评说成为多年来解读鉴赏《西湖七月半》的基调。直到20世纪90年代,情形才有所改变,《西湖七月半》被徐中玉、齐森华主编《大学语文》第七版、第八版选入,文后的"提示"说:

> 本文描述了明末杭州人七月半游西湖的盛况,以简练的文笔,重现了当时的西湖风光和世风民习;并通过对各类游客看月情态的描摹刻画,嘲讽了达官显贵附庸风雅的丑态和市井百姓赶凑热闹的俗气,标举文人雅士清高拔俗的情趣。褒贬不尽妥当,但立意颇为别致。

> 文章虽有讽世藐俗的情趣、旨意,但也流露出一种近俗倾向。与唐宋时期类似记游之作相比,张岱此文不再是目下无尘,而是颇有兴味地观察各类"俗人"的不同情态,具体描述其举止行动,表现出对"俗人""世俗"的某种关注。这显然

是晚明勃兴的市民文化的投影。

从雅俗对立的立场阐释文章内容,又从作者的创作态度指出此文的"近俗倾向",是解说此文较大的进步,但"讽世藐俗"和"近俗倾向"呈现对立紧张的关系,这样的解说仍然显得不够圆融,有着内在的矛盾。如何来理解《西湖七月半》的内容和作者的立场,张岱在这篇文章里要表达什么样的精神?我们还是要回归晚明时代的文化和文学语境。

一

农历七月十五,是中国民间的"鬼节",称为中元节,佛教在这一天举行盂兰盆会,源于上古时代的秋祭习俗,唐宋以后,中元节俗的三大主干内容是祀先、礼佛、敬道。吴自牧《梦粱录》卷四描述南宋时杭州的七月十五日节俗说:

> 其日又值中元地官赦罪之辰,诸宫观设普度

醮，与士庶祭拔。宗亲贵家有力者，于家设醮饭僧荐悼，或拔孤魂。僧寺亦于此日建盂兰盆会，率施主钱米，与之荐亡……此日都城之人，有就家享祀者，或往坟所拜扫者……后殿赐钱，差内侍往龙山放江灯万盏。

《武林旧事》卷三也有类似的记述，特别提到"而人家亦以此日祀先，例用新米、新酱、冥衣、时果、彩段、面棋，而茹素者几十八九，屠门为之罢市焉"。这样的中元节俗在后代延续下来，到明代万历以后，出现了一些新的节俗内容。

万历年间，杭州文人在中元节前后于西湖赏月逐渐成为风尚。《快雪堂日记》是晚明文人冯梦祯万历十五年（1587）至三十三年（1605）在西湖生活的日记，书中有多处记述七月十五日赏月事，如：

万历十五年七月十五：赴潘景升湖上约。同雪浪、月音两上人，徐茂吴，陈季象，刘姬，茂吴留宿湖上，而余失赍卧具，独归。是夜，月色甚胜。

万历二十七年七月十五：晴。赴许裕甫夜湖之约。

早多应酬,禺中始得出城,饭于大佛僧舍。下午登舟。初夜,月边有云气,乍离乍合。夜半,月甚佳。游舫亦多徘徊二桥新堤,铺茵杂坐,意趣甚高,惜主人惜酒耳。坐有歌姬二,超宗婿、骥儿侍,遂至达旦。

万历二十八年七月十五:晴。湖中游衍竟日,俞羡长、王问琴共之,有歌者张姬、骥儿侍,遇风雨于湖南,夜月佳甚。回舟至陆祠,游船甚多,歌吹聒耳。三鼓余就寝,张姬先行。

万历三十一年七月十五:间晴,雨,夜阴霾不开,风雨时作,河灯不时放。桂舟馆内人,而处群姬于小舟,颇不适意。夜半后,俱宿孤山庄。

万历三十二年七月十五:晴,周本音来,叙谈竟日。夜,湖中行乐者甚盛,舟聚陆祠最多,登楼观之甚快,此犹太平佳观,不知常能保此不?

从冯梦祯的记述可以窥知万历中后期的中元节,杭州市民和文人喜欢晚上到西湖赏月游玩,有的还在湖中过夜。明代中后期,江南地区商品经济繁荣,市民阶层不断壮大,在扬州、南京、苏州、杭州等大城市里,市民的休闲娱乐活动也蓬勃发展,一些传统节日增添了娱乐的内容，甚至出现全城出动的景象，如扬州的清明节、苏州的中秋节等，这种景象在袁宏道、张岱的笔下都有精彩的描述。杭州自宋代以来就是江南的繁华都市，王士性记述晚明时代杭州的社会风气："杭俗儇巧繁华，恶拘检而乐游旷，大都渐染南渡盘游余习，而山川又足以鼓舞之，然皆勤劬自食，出其余以乐残日。"（《广志绎》卷四）这段话赞赏杭州市民勤劳肯干，在自食其力之余喜好游玩娱乐。对于普通市民来说，游乐是辛苦劳作的补充，是维持正常生活必不可少的环节。对于刚刚经历酷暑炙烤的杭州市民来说，七月十五日西湖上空的月亮和西湖的荷风都是无比惬意的，这一天晚上倾城出动也就不足为怪了。

自古湖光月色，皆为文人雅士所有，似乎没有俗人的份儿。然而晚明的情形并非如此，清雅的湖山涌进众多的市民俗客，他们呼群结伴，带着酒肴零食，一边大快朵颐，一边看戏听曲，而江山风月原来的主人——文人雅士又当作何消遣呢？有的文人显然不能适应这样的变化，画家李流芳可为代表。他在《游虎丘小记》中写道：

> 虎丘，中秋游者尤盛。士女倾城而往，笙歌笑语，填山沸林，终夜不绝，遂使丘壑化为酒场，秽杂可恨。予初十日到郡，连夜游虎丘。月色甚美，游人尚稀，风亭月榭间，以红粉笙歌一两队点缀，亦复不恶。然终不若山空人静，独往会心。（《李流芳集》卷八）

李流芳理想的游览山水的状态要"夜半月出无人，相与趺坐石台，不复饮酒，亦不复谈，以静意对之，觉悠然欲与清景俱往也"，他无法接受喧闹秽杂的场面。他在《江南卧游册题词·虎丘》中写道：

> 虎丘宜月、宜雪、宜雨、宜烟、宜春晓、宜夏、宜秋爽、宜落木、宜夕阳，无所不宜，而独不宜于游人杂沓之时。盖不幸与城市密迩，游者皆以附膻逐臭而来，非知登览之趣者也。（《李流芳集》卷一一）

李流芳的思想和心态继承了王维以来山水画家的传统,以静深之心、禅意与山水交流对话,这是比较鲜明的山水游观的雅致形态。

袁宏道在游览山水时已经注意到了众多的游客,他在《游高梁桥记》中写道:

> 三月一日,偕王生章甫、僧寂子出游。时柳梢新翠,山色微岚,水与堤平,丝管夹岸。趺坐古根上,茗饮以为酒,浪纹树影以为侑,鱼鸟之飞沉,人物之往来,以为戏具。堤上游人,见三人枯坐树下若痴禅者,皆相视以为笑。而余等亦窃谓彼筵中人,喧嚣怒诟,山情水意,了不相属,于乐何有也。(《袁宏道集笺校》卷一七)

袁宏道这种"痴禅"式的游览,既有传统的静对山水的内涵,也有微妙的变化,他把"鱼鸟之飞沉,人物之往来"当作"戏具"来欣赏,既然如此,杂沓的游人就不是可厌的,而是可以观玩的。"游人"与"余等"的相互窃笑,可见文人雅士与普通游客在游览方式上的差异。既是戏具,就不是真的,与观赏者就有了间隔。把真实的生活戏剧化,是晚明文人的一种人生态度,这是现实的荒诞戏谑在他们人格上的投影。

王思任是晚明擅长写游记的作家,他的一些游记突破了传统游记文体的基本要求。他更多地去写游人,去写游人社会的众生相,风景名胜反而受到冷落。最突出的是《游满井记》,写满井只有简单的几句话,还用了"如蟹眼睁睁然,又如鱼沫吐吐然"来比喻满井"四注而中满"的特色,并不具有多少美感。作者调转笔锋,重点写了如下一段:

> 游人自中贵外贵以下,巾者帽者,担者负者,席草而坐者,引颈勾肩履相错者,语言嘈杂,卖饮食者,邀诃好火烧,好酒,好大饭,好果子。贵有贵供,贱有贱鬻,势者近,弱者远,霍家奴驱逐态甚焰。有父子对酌、夫妇劝酬者,有高髻云鬟、觅鞋寻珥者,又有醉詈泼怒、生事祸人而厌天陪乞者。传闻昔年有妇即此坐蓐,各老妪解襦以帷者,万目睽睽,一握为笑。而予所目击,

则有软不压驴,厥天扶掖而去者,又有脚子抽登复堕,仰天丑露者,更有喇唬恣横,强取人衣物,或狎人妻女,又有从旁不平,斗殴血流,折伤至死者,一国狂惑。(《文饭小品》卷三)

王思任用庄谐相兼、虚实相融的笔法给读者描绘了北京初春游览满井的游客社会的众生相,这里存在着社会阶层的不平等,充斥着世俗社会的粗俗、喧闹、暴力,也夹杂着戏谑和滑稽,这一切都尽入作者眼底,文章以"予与张友买酌苇盖之下,看尽把戏乃还"结束。王思任行文的重心已经不是山光水态,而是世俗社会的众生相,他刻意要写出游客群体的等级、丑陋和滑稽。如果说袁宏道观赏的是正剧,那么王思任看到的则是一部闹剧,王思任以看戏的心态来观察游客世界,这闹剧的后面是作者理性、苦涩而又带着戏谑的心理。王思任这种以游客为重点的写法对张岱影响甚大。

二

《西湖七月半》从空间切割和时间流动两个层面描绘杭州各色人物在七月十五晚上到西湖赏月游玩的情态。文章开头一句"西湖七月半,一无可看,止可看看七月半之人"就颇具张力,七月半是传统的鬼节,一切都围绕着祭祀亡灵展开,西湖边上的寺庙会举行盛大的盂兰盆会,有放河灯等内容,活动丰富多彩,所以从中元节的层面来说,盂兰盆会才是七月半的核心,杭州市民主要也是冲着盂兰盆会而到西湖的。而张岱偏偏说"一无可看",他要"看"的是"看七月半之人","看七月半"之"看",应该理解为游玩、观赏、凑热闹,本来是以鬼为主题的节俗,张岱却要"看七月半之人",厚人薄鬼,故意与节俗唱反调,显示了作者的写作取向。

生活在晚明时代的张岱已经掌握了现代影视艺术经常使用的特写镜头的手法,利用空间切割的艺术手法,在杭人游览西湖的宏大场景下,将镜头扫向特定的人群。

张岱着重描写五类游客,从他们的排场、情态和心理入手来展现各自的特征。达官贵人一边饮酒一边看戏,"声光相乱",他们哪有心思赏月?而那些长期锁在深院的名门闺秀难得出来游赏,她们对一切都好奇,因而"笑啼杂之""左右盼望"。名妓闲僧,以唱曲赏月装扮出风雅姿态,意在引起买主的注意,以招揽生意,以故"欲人看其看月"。还有一些市井闲汉,三五成群在人丛中"嚣呼嘈杂,装假醉,唱无腔曲",他们平时都是一些最普通的细民,没有人会在意他们。现在难得遇上这么盛大的节日,大量的杭州人都聚到西湖边上,他们希望用夸张的声音和动作引起周围人的注意,他们表演的结果,是"月亦看,看月者亦看,不看月者亦看,而实无一看者",张岱的话说得很俏皮,却有深沉的悲哀藏在文字里头。他真的明白市井小人物的心理诉求,七月半给了他们一个自我表达的时空,然而还是没有引起别人的注意,这是小人物的悲哀。文人雅士远离喧闹,"素瓷静递","邀月同坐",他们是真正"看月"的人群。在张岱的笔下,西湖的里湖外湖,湖堤寺庙,到处都是"看七月半之人",所有这些"看七月半之人"都有自己的娱乐方式,都能找到属于自己的快乐,而这些欢乐的"看七月半之人",又被张岱饶有趣味地"看"着。

空间切割写毕,张岱又按照时间流动的线索,描写杭州市民七月半赏月的过程。西湖在杭州城外,杭州市民一般都是白天游览西湖,这种情况张岱用"避月如仇"来表达,让读者会心一笑。而七月半这一晚"好名",他们要给守城门的士兵酒钱,让轿夫拿着火把在岸边等待。上了船之后就急急赶到断桥边盂兰盆会现场,二更前的断桥一带"人声鼓吹,如沸如撼,如魇如呓,如聋如哑",这是声音,大量的人和船只都攒聚一处,"止见篙击篙、舟触舟、肩摩肩、面看面而已"。这样的场面持续的时间并不长,市民的看月兴致很快就消散了。当众人都离开后,张岱这些文人雅士才划船靠岸,在断桥石磴上摆开酒席,他写道:"此时月如镜新磨,山复整妆,湖复颒面。"其实月亮还是那个月亮,西湖也是原来的西湖,但在张岱的眼里,它们都经过重新洗濯,更加清洁明亮。张岱的同志除了文人雅士外,还有名妓闲僧,他们一起在断桥边上饮酒、唱曲，享用下半夜的月光。张岱的赏月也不再是孤独的清赏，而是有声有色，文人雅聚与世俗声色之娱融合在一起，雅乎？俗乎？似乎很难分辨。

三

中国古代文学与绘画所表达的山水之美，主要呈现为孤独的心灵与山水精神的交流融合，《二十四诗品》之《典雅》云："玉壶买春，赏雨茅屋。坐中佳士，左右修竹。白云初晴，幽鸟相逐。眠琴绿阴，上有飞瀑。落花无言，人淡如菊。书之岁华，其曰可读。"清丽的语言描绘了一幅人与自然融合无间的画面，这里流动着从容安静的气息。而山水画中的荒寒之境，则是文人狷介的人格在不谐于世俗之后，借山水形象所流露出的孤傲之气。在这个系统里，山水是排斥世俗民众和声色之娱的。李流芳的游赏观念就坚守宋元山水画传统，而袁宏道、王思任在游记里写世俗场景，则带有游戏、嘲弄的态度，作者与世俗社会的距离仍然是疏远的。

《西湖七月半》采取了一种超然的角度来描绘西湖中元节的夜晚，张岱与李流芳在对待民众游赏名胜的态度上是截然不同的，这一点无须赘言。张岱与袁宏道、王思任的游赏态度也存在着微妙的差别，我们从《西湖七月半》的内容可以感受到。张岱以包容平和的心态、平等的眼光来观察七月半到西湖游湖赏月的各色人等，在鬼节里面突显人的欢乐，各种赏月方式既作空间上的平行描写，又作时间上的流动叙述，不同的人群都在这一天晚上的西湖边享受属于自己的快乐，文字之中渗透着全民狂欢的气氛。《西湖七月半》彻底颠覆了中元节的民俗主题，厚人薄鬼，弃悲哀而扬欢乐。在张岱笔下，湖山风月，众生可以共享，在这样的描写之中，文化上雅俗之间的界限模糊了，甚至可以相互融合，相互渗透。作者能对西湖七月半作如是叙写，必然要有自由洒脱和悲天悯人的胸怀，他不再清高自赏，也没有玩世不恭、冷嘲热讽，他不是迷恋世俗社会，而是对世俗众生充满深情。张岱在《放生池》中写道：

但恨鱼牢幽闭,涨腻不流,刿鬐缺鳞,头大尾瘠。鱼若能言,其苦万状。以理揆之,孰若纵壑开樊,听其游泳,则物性自遂,深恨俗僧难与解释耳。

将鱼局闭于狭小的水域是戕害了它的本性,"物性自遂"四字表现了由人及物的博大胸怀,是张岱思想的核心。万物顺遂其性则快乐,所以鱼游于水,兔鹿猢狲放于山林才是快乐的。而七月半正是气候适宜、景物清嘉的时节,这一天晚上杭州市民倾城而出到西湖边上游湖赏月,以自己的方式享受快乐,在张岱的观念里,应该是顺遂了本性。西湖七月半夜晚的狂欢是"物性自遂"的人间场景,这里有张岱的微笑和泪花。周作人认为张岱的散文是中国新俳文的代表:"他(张岱)的目的是写正经文章,但是结果很有点俳谐,你当他作俳谐文去看,然而内容还是正经的,而且又夹着悲哀。"(《再谈俳文》)《西湖七月半》正应该以此眼光来读,方能读出俳谐之下的正经和悲哀。

张岱精通戏曲艺术,他喜欢在舞台上营造喧闹的群众场面，如《冰山记》："至颜佩韦击杀缇骑，嗥呼跳蹴，汹汹崩屋。"这种意识也贯穿在他的散文中，《西湖七月半》的整体就是以西湖为舞台，杭州的社会众生在此演出的一场热闹的小品。他用文字进行空间切割和场景特写，在这一场演出中，张岱既是观众又是演员，他自由穿梭于场上场下，他主要是在"看"，同时又被"看"。这样的意识在张岱的散文里时有出现，如《湖心亭看雪》："湖上影子，惟长堤一痕，湖心亭一点，与余舟一芥，舟中人两三粒而已。"台上台下，戏里戏外，融为一体，这种浑融的笔法表达了超越传统的观念和精神。

张岱的生花妙笔渗透着包容的精神和欢快的节奏，简洁干净的文字直抵人性的深处，这是散文的大境界。

看雪情结与经典翻转

——《湖心亭看雪》的另一种读法

《湖心亭看雪》的文字漂亮、干净、新鲜,自20世纪80年代以来,入选各种选本和教材,是张岱影响最大的散文作品之一,也成为中国古代散文的经典名篇。这篇精炼的小品根植于深厚的古代文学和越文化传统,诗情流转,寄托遥深。

一

从《湖心亭看雪》的文字可以明显地看到王子猷雪夜访戴的痕迹,《世说新语·任诞》云:

王子猷居山阴,夜大雪,眠觉,开室,命酌酒,四望皎然。因起仿偟，咏左思《招隐诗》。忽忆戴安道，时戴在剡，即便夜乘小船就之，经宿方至，造门不前而返。人问其故，王曰："吾本乘兴而行，兴尽而返，何必见戴？"

江南绍兴的雪引发了王子猷郁勃的情思，他饮酒吟诗，连夜坐船访友，第二天早晨到了朋友的门前，又因兴致已尽不登门而返回，这样的行为不合常情，却任性而发，率真自然，体现了最典型的魏晋风度。这段文字叙述了一个完整的过程，结尾王子猷的话尽显名士风采，起到了画龙点睛的作用。《湖心亭看雪》的结构从此段文字脱化而来，也叙写了张岱于冬夜到湖心亭看雪的全过程，以船夫的喃喃自语作结。在行文时，张岱似乎要与"雪夜访戴"形成对比：王子猷准备去访问朋友，到了家门口而不见；张岱独自去湖心亭看雪，到了湖心亭却已有人在那里饮酒，张岱与他们相谈甚欢，兴尽而返。王子猷的自言尽显名士风采，而船夫的喃喃自语也点出其主人独特的人格。

晚明的江南士人非常向往魏晋名士风度，《世说新语》是很流行的读物。为了便于携带，张岱祖父张汝霖在清江知县任上还刊印了袖珍本《世说新语》，大有不可一日无此书的精神。绍兴是东晋名士聚居之地，随处皆有魏晋风流的遗迹。张岱深受家庭和地域文化的濡染，从青少年时代起其行事风度即颇有名士遗韵。他曾于深夜在寂静的寺庙中让自己的家庭戏班唱戏，为了品闵老子的茶而在桃叶渡口的茶馆中耐心等待。他推崇魏晋名士的"一往深情"，对生命和美有深刻的体验。明亡后张岱还借鉴《世说新语》的体例编撰了一部《快园道古》，这部书可以算是晚明江南士人版的《世说新语》。所以，《世说新语》对张岱的思想和写作的影响甚为深远。

左思《招隐诗》写道："非必丝与竹，山水有清音。"张岱于"湖中人鸟声俱绝"之时"独往湖心亭看雪"，一个"绝"字，一个"独"字，不应轻轻放过。张岱偏要于寂寥之时去湖心亭赏雪，这是有意为之，与王子猷的率性而发不同，这个行为体现了张岱独特的山水审美思想。他认为："若西湖则为曲中名妓，声色俱丽，然倚门献笑，人人得而嫖亵之矣。人人得而嫖亵，故人人得而艳羡；人人得而艳羡，故人人得而轻慢。在春夏则热闹之，至秋冬则冷落矣；在花朝则喧哄之，至月夕则星散矣；在晴明则萍聚之，至雨雪则寂寥矣。"避热就冷，张岱的游赏思想与钟惺《浣花溪记》《夏梅说》有相通之处，而张岱最后归结为"深情领略，是在解人"，对自然山水的理解领悟全凭观赏者内在的深情，又与魏晋名士的山水审美精神沟通起来。

湖心亭是观赏西湖胜景的绝佳位置，好像西湖的眼睛，"湖山胜概，一览无遗"。但"夜月登此，阒寂凄凉"，不宜久留。王思任说："湖心亭宜月，宜雪，宜烟雨，宜晚霞落照。"（《游杭州诸胜记》）张岱对南宗山水画的构图设色和艺术精神非常熟悉，尤其会心于米芾父子的云山墨戏，如他在《闰中秋》中写山景："月光泼地如水，人在月中，濯濯如新出浴。夜半，白云冉冉起脚下，前山俱失，香炉、鹅鼻、天柱诸峰，仅露髻尖而已，米家山雪景仿佛见之。"米芾、米友仁父子山水画被称为"云山墨戏"，主要描摹大自然中烟云掩映的平远山景，草草用笔，以侧笔横卧的"米点"来表现远山丛树的艺术形象。张岱选择夜间到湖心亭观赏西湖雪景,就符合南宗山水画色彩美学。张岱写西湖雪景:"雾凇沆砀,天与云、与山、与水,上下一白。湖上影子,惟长堤一痕,湖心亭一点,与余舟一芥,舟中人两三粒而已。"张岱以山水画家的眼光来描写西湖雪景,超越了个体的限制,把自己也写进画面。

二

在《湖心亭看雪》中,隐约可以看到元末明初绍兴文人王冕的影子,宋濂《王冕传》文末云:

> 史官曰:予受学城南时,见孟寀言越有狂生,当天大雪,赤足上潜岳峰,四顾大呼曰:"遍天地间皆白玉合成,使人心胆澄澈,便欲仙去。"

从东晋王徽之开始,雪便给越中文人带来郁勃的情思和难以掩抑的兴奋。晶莹的白雪覆盖了山河大地,掩盖了污秽和不平,使王冕心胆澄澈,产生飘然仙去的念头。王冕生当乱世，狂放的言行折射出他内心对现实的失望和愤懑，也有"感士不遇"的情感内涵。他的行为模式逐渐积淀为明代越中文人的心理模式。每当下雪，越中文人的情绪都会特别敏感、兴奋，特别容易引发身世不平之感，与张岱渊源甚深的徐渭就颇为典型。

徐渭的人格、思想和文学艺术创作对晚明时期的越中文人影响深巨，使这个时期越中的诗歌、散文、戏曲等都自成面目，在文学艺术史上占有重要地位。在徐渭的诗集中，以雪为题材的作品的数量相当可观。徐渭是一位感觉极为敏锐的天才诗人、艺术家，咏雪系列作品展现了雪对他情绪的刺激和引发。如《一枝堂对雪》，题下有小字注云："是月凡三见雪，而此日独甚。兴致遄飞，笔不能禁。"诗云：

> 大地呈三白，小堂开一枝。楼台住天上，鸾鹤下神祈。混混无穷处，茫茫不可知。翻思潜岳顶，仙去欲何之？

大雪使徐渭异常兴奋,诗兴大发,漫天飞舞的白雪让他想起先贤王冕,那个赤足在潜岳峰顶长啸的狂生,越中士人文化心理的传承清晰地呈现出来。雪能引发徐渭各种感受和情绪,如《雨雪十首》其四、其七写严嵩受到弹劾,却没有被惩治,而上疏揭发严嵩父子罪行的杨继盛却被迫害致死。徐渭第一任妻子潘介去世十年后一个风雪之夜,潘家归还部分潘介生前的衣服,那件还带着妻子汗味的潞州红衫,让徐渭泪如雨下,他写了一首绝句《内子亡十年,其家以甥在,稍还母所服,潞州红衫,颈汗尚泚,余为泣数行下,时夜天大雨雪》:"黄金小纽茜衫温,袖折犹存举案痕。开匣不知双泪下,满庭积雪一灯昏。"风雨如磐的暗夜,严酷的冰雪,如豆的孤灯,饱尝人世酸辛的徐渭再碰触十年前的温柔,怎能不肝肠寸断,泪流满面,这才是表面狂傲而内心柔软的最真实的徐渭。《廿八日雪》在徐渭咏雪诗中颇有特色,这次的大雪对徐渭来说是一次劫难,小偷偷走了他的棉被,他写道:"生平见雪颠不歇,今来见雪愁欲绝。昨朝被失一池绵,连夜足拳三尺铁。"不仅如此,他也没有貂皮大衣御寒,"此物何人不快意,其奈无貂作客儿。"由此我们想到徐渭《答张太史》中的话:"晨雪,酒与裘,对证药也。"可惜这次没有张元忭这样的朋友给他送来老酒和裘皮大衣。他满肚子牢骚,从友人的书信中看到李攀龙、王世贞谩骂谢榛的诗句,引发徐渭强烈的不满:"昨见帙中大可诧,古人绝交宁不罢。谢榛既与为友朋,何事诗中显相骂?乃知朱毂华裾子,鱼肉布衣无顾忌。即令此辈忤谢榛,谢榛敢骂此辈未?回思世事发指冠,令我不酒亦不寒。须臾念歇无些事,日出冰消雪亦残。"徐渭与谢榛同为布衣,同病相怜,在那个时代,一个有才华的布衣文人的尊严随时都会受到有功名地位的士人的践踏,徐渭对此也有切肤之痛,因此他才会发这么大的火,大雪给了他郁勃的情思,让他的思绪从一己的饥寒跳跃到寒士群体的命运。鲁迅《雪》写道:"江南的雪,可是滋润美艳之至了;那是还在隐约着的青春的消息,是极壮健的处子的皮肤。"用优美的语言和极具生命力的意象来描绘江南的雪。在越中文人心中,积淀着深厚的"看雪情结",雪是生命力和美的象征。

张岱的文化心理与王冕、徐渭一脉相承,他对雪

也同样的敏感,他在《龙山观雪》诗中写道:

> 昔日王元章,携家九里住。绕屋种梅花,三百六十树。日食一树钱,梅实为生计。一当大雪时,炉峰石上憩。四望遂狂呼,世界白玉砌。急足走高岗,凌空欲飞去。

张岱景仰王冕的生存方式和狂狷人格,在这首诗的最后,张岱道出了他钟情于雪景的深层心理:"人鸟尽迷蒙,山河合大地。愿作混沌观,用填缺陷世。"明末的社会,喧嚣繁华,充满了缺陷和不平,对于曾经志在补天的张岱来说,他看到了世界的缺陷,却无力填补,因而,在其诗文中的"看雪",带着愤世嫉俗的情绪和狂放傲岸的人格,是既清醒又无奈的郁勃的心态。《陶庵梦忆》中除《湖心亭看雪》外,还有一篇《龙山雪》,均可与《龙山观雪》诗对读。崇祯五年(1632),张岱已经36岁,这一年他过得很平淡,四年前他开始编撰《石匮书》,不再把科举作为人生目标,然而也没有完全放弃科举。三年后,即崇祯八年（1635）岁末，他被时任浙江提学副使的刘鳞长在岁考中判为五等，大受打击。而崇祯五年年底张岱父亲张耀芳无疾而逝，张岱到湖心亭看雪应在此之前。这一年的冬天黄道周在杭州大涤书院讲学，张岱曾去听讲。正是因为平淡，张岱心中才积聚了郁勃的情思，西湖雪夜为他提供了释放情绪的时空，而文字之外的空白也足以容纳下张岱的情怀。

三

有的读者会把苏轼的《记承天夜游》和张岱的《湖心亭看雪》对读，苏轼《记承天夜游》云：

> 元丰六年十月十二日夜，解衣欲睡，月色入户，欣然起行。念无与乐者，遂至承天寺寻张怀民。怀民亦未寝，相与步于中庭。庭下如积水空明，水中藻荇交横，盖竹柏影也。何夜无月？何处无松柏？但少闲人如吾两人者耳。

这两篇小品确实有可对比处,张岱的文化人格和文艺思想也深受苏轼的影响,《湖心亭看雪》在整体结构上可以看出借鉴《记承天夜游》的痕迹。两篇小品都写了一个过程,苏轼在文末感叹说"但少闲人如吾两人者耳"。"闲人"身份的认定,正展示了苏东坡内心的不平与不甘,壮盛之年的他是不愿意做闲人的。这篇小品与《前赤壁赋》等黄州诗文作品一样,闲适的文字掩盖不住东坡愤激而落寞的内心。苏轼和张岱都有深厚的人间情怀,《记承天夜游》与《湖心亭看雪》的情感内涵和表达方式确实有相通之处。

苏轼没有展开写与张怀民相见的场面,而张岱在描绘了夜幕下的雪景之后,笔墨转到湖心亭与客人邂逅相遇的场面。这一段文字全用勾勒,逸笔草草。张岱到湖心亭先看到"有两人铺毡对坐,一童子烧酒炉正沸",燃烧的火苗,沸腾的老酒,文字之中氤氲着热气。陈眉公曾说:"热肠如沸,茶不胜酒;幽韵如云,酒不胜茶。"(《茶董小序》)一个"沸"字,既是当下湖心亭的实况,也是此刻张岱情绪的状态。本来心中充满郁勃的情思,当看到这沸腾的酒炉,内在的情绪也一下子被点燃了,"沸"字是《湖心亭看雪》的文眼。张岱很擅长使用背面敷粉的笔法,在文字中不露声色,他写客人看到他的反应:"见余大喜,曰:'湖中焉得更有此人!'"再写他们"拉余同饮,余强饮三大白而别"。这样的时刻,饮酒最能表现内在的情绪,在茶艺上有精深造诣的张岱并不擅长饮酒,张氏家族几代人皆不嗜酒,张岱在诗中也曾自述:"余饮无蕉叶,曲蘗非所闻。"(《和述酒》)张岱"强饮三大白",显然大大超过了他正常的酒量,所以他用了一个"强"字,此刻他非常兴奋,意绪浓烈,心中的块垒正需要那热酒来蒸腾、燃烧。张岱和客人之间应该有一些交谈,然而写下来的极为简练:"问其姓氏,是金陵人,客此。"一句一折,留下一大片空白让读者去填补。文章结尾张岱又从侧面着笔:"及下船,舟子喃喃曰:'莫说相公痴,更有痴似相公者!'""痴"是晚明文人喜欢用的一个字眼,以"痴"字作结,意蕴丰富。这一段文字看似简单,实则句句留白,张岱复杂的情思都在文字之外流动。

张岱孤舟棹往湖心亭,他没有沉浸在迷蒙混沌的白雪世界，也没有朝孤冷荒寒的意境去写，他写了湖心亭里火红的酒炉，沸腾的老酒，知心人邂逅相遇的喜悦和洒脱，这样的写作体现了张岱的审美取向。所以，在《湖心亭看雪》的文字中，传统山水画的色调只是一个背景，张岱的笔墨凝聚于人，他描写的湖心亭里的偶然相遇好像一出简短的戏剧，带着深厚的人间情味和世俗气息。张岱并不热衷于凌空仙去或者孤舟独钓，他更喜爱人间和世俗，用东坡的词来说，就是"起舞弄清影，何似在人间"。

张岱把"雪夜访戴"和"月夜访张怀民"的文本都翻转了一下，从行文构思的角度来看，可以把"湖心亭遇客"这一段视为张岱"写"出来的，不一定实有其事。王子猷雪夜发兴去拜访戴安道，到了戴的门前却兴尽而返；张宗子则在湖心亭不期而遇两位赏雪的客人。苏东坡想和张怀民一起欣赏月色，于是到承天寺找他；张宗子与两位客人完全是邂逅相遇。正如他在《四书遇序》里阐发的"遇"："推而究之，色、声、香、味、触、法中间无不有遇之。一窍特留，以待深心明眼之人，邂逅相遇，遂成莫逆耳。"

李渔认为小说是"无声戏",而《记承天夜游》和《湖心亭看雪》这样的小品,就是散行的诗歌。它们的情感浓烈,篇幅短小,语言简约凝练,看似作者于不经意间信手拈来,实则意蕴丰富,需要读者细细寻绎,不可因其是小品而轻易读过。

往事的安放与书写

——读《梦忆序》

《陶庵梦忆》是张岱流传最广的著作，其中不少单篇已经成为中国古代散文的经典作品，张岱在中国文学史上的地位和影响力与这部书息息相关。在张岱众多的著述中，《陶庵梦忆》是一个独特的存在。围绕《陶庵梦忆》的编撰过程、体例特征和精神寄托，有不少问题需要深入探索。《梦忆序》是走进《陶庵梦忆》和张岱心理世界的一把钥匙。

一

清顺治三年（1646）六月，清兵攻陷绍兴，在此监国的鲁王逃往台州。张岱先携一子一奴避居绍兴郊外的越王峥,坚持《石匮书》写作。由于被人发现,九月,他避难至嵊县西白山中,次年七月才离开这里寓居绍兴郊外项里。《梦忆序》就写于避居西白山中期间。在鲁王监国期间,张岱积极奔走,变卖家产组织义军,却受到鲁王内部掌权势力的排挤,他在绍兴的府第被方国安的士兵占据,原本殷实的家业荡然无存。在西白山中避居的这个冬天又极为寒冷,张岱切实感受到物质匮乏、衣食不继带来的窘迫和艰辛。这个时期除了编撰《石匮书》,他还开始了《陶庵梦忆》的写作。《梦忆序》开篇说:

> 陶庵国破家亡,无所归止,披发入山,骇骇为野人。故旧见之,如毒药猛兽,愕窒不敢与接。作自挽诗,每欲引决,因《石匮书》未成,尚视息人世。然瓶粟屡罄,不能举火,始知首阳二老,直头饿死,不食周粟,还是后人妆点语也。

《石匮书》的编撰在张岱人生中意义重大,是支撑他活下来的信念。而避难以来,最让他痛苦的是生活物资的匮乏，与明亡前精致优雅的生活状态实有天壤之别。日常的柴米油盐最考验人的耐力和心性，眼前的困窘必须面对，不能逃避，生活的巨大反差不能不引起情绪的波动。在此期间，张岱相继写下了《和贫士》《和述酒》《和有会而作》《和挽歌辞》等系列和陶诗，以陶渊明的节操和志趣激励自己。他还写下了《山中冬月》《山居极冷》《丙戌避兵剡中山居受用曰毋忘槛车》《今昔歌》等诗作。《丙戌避兵剡中山居受用曰毋忘槛车》罗列了茅草厂、门板床、麻布帐等生活必需品，从诗题可以看出，虽然这些物品用起来不太舒服，但这样的苦日子总比被清兵抓起来装进囚车好得多。《今昔歌》列举了 20 种今昔生活的对比，张岱未下断语，只是描述今昔的差异，如：

> 高梧荫数亩，盖我屋三层。今有一窗绿，乃是丝瓜藤。
>
> 瓜果杂冰盘，上用轻纨覆。近来点我饥，煨熟罗汉豆。
>
> 终日费揣摩，小俣教歌舞。恐予不忘情，池

塘蛙两部。

朝夕来嘉宾，每坐到更定。今日陡相逢，遥遥不相认。

如此巨大的反差，内心的接受总要有一个调整适应的过程。《梦忆序》给出了张岱的理解：

饥饿之余，好弄笔墨，因思昔人生长王谢，颇事豪华，今日罹此果报：以笠报颅，以蒉报踵，仇簪履也；以衲报裘，以苎报绨，仇轻暖也；以藿报肉，以粝报粻，仇甘旨也；以荐报床，以石报枕，仇温柔也；以绳报枢，以瓮报牖，仇爽垲也；以烟报目，以粪报鼻，仇香艳也；以途报足，以囊报肩，仇舆从也。种种罪案，从种种果报中见之。

明末文人流行谈禅，张岱也钻研过禅学，对佛教的相关掌故非常熟悉。初读《梦忆序》，似乎全篇都在谈禅说佛，宣扬禅宗教义。以因果报应来理解自己人生的巨大反差，是晚明社会一个普遍的观念，但果报之说如何能让他内心宁帖呢?

《梦忆序》接着说:

> 鸡鸣枕上,夜气方回,因想余生平,繁华靡丽,过眼皆空,五十年来,总成一梦。今当黍熟黄粱,车旅蚁穴,当作如何消受?遥思往事,忆即书之,持向佛前,一一忏悔。

往事如何安放,如南柯一梦、黄粱美梦。梦醒时分,过去的一切都是虚幻泡影,怅惘,伤感。因前文关于果报说得郑重其事,忏悔之说似乎顺理成章,后世不少人读《梦忆序》和《陶庵梦忆》都认为忏悔是一书的主旨,是耶?非耶?这恐怕也是张宗子的妆点语。

二

张岱的思路和文笔不断流转,"不次岁月,异年谱也;不分门类,别志林也",是说《陶庵梦忆》的编排体例。下文再说这样编排的目的:

> 偶拈一则,如游旧径,如见故人,城郭人民,翻用自喜,真所谓痴人前不得说梦矣。

对于张岱来说,随便拈取《陶庵梦忆》书中的一则内容,就像回到过去,见到过去的亲人朋友,让自己很高兴,此句似乎透露了张岱内心的真实意图。然而他立刻又进行了自我否定,用禅宗"痴人说梦"的典故,意谓他如此编书,会让痴人对书中的内容信以为真。谁是痴人呢?是读者,还是作者?

行文至此,文章又转到"痴人"的界定,张岱先引用了明末颇为流行的小故事:

> 昔有西陵脚夫,为人担酒,失足破其瓮,念无所偿,痴坐伫想曰:"得是梦便好。"一寒士乡试中式,方赴鹿鸣宴,恍然犹意非真,自啮其臂曰:"莫是梦否?"

这段文字与《夜航船序》中"且待小僧伸伸脚"一样都是明末流行于民间的谈资,如此行文,古今雅俗悉收笔底，打破了古文写作的壁垒，给古代散文注入了生气。张岱对于脚夫和寒士的心理分析也一语中的："一梦耳，惟恐其非梦，又惟恐其是梦，其为痴人则一也。"佛教里痴指迷惑于种种事相，而生烦恼，贪嗔痴是人三种基本的烦恼，谓之三毒。而在晚明，不同寻常的言行或专注于某一事物和技艺也称为痴。这就带有肯定和赞许之意了，张岱诗文中经常用"痴"字，如《湖心亭看雪》结尾船夫说的那句："莫说相公痴，更有痴似相公者。"《梦忆序》里所说的"痴人"，字面上似乎可以理解为佛教的含义，细细参究，其实张岱主要指向晚明时代的意义，他就是一位特立独行、执着于著述的痴人。对于突如其来的变化，脚夫和寒士都不太适应，不能正面去面对，话题已由如何安放往事转到如何面对现实，看似轻松并且带点调侃的言说，包含了极为沉重的内容，文字的背后，蕴藏着张宗子的困惑和泪水。当国破家亡降临到自己身上，他困惑不安，也想逃避，然而，残酷的现实不容许他做梦。他又不能把往事全部放下，又何尝不是痴人呢？

《梦忆序》最后说道：

> 余今大梦将寤，犹事雕虫，又是一番梦呓。因叹慧业文人，名心难化，政如邯郸梦断，漏尽钟鸣，卢生遗表，犹思摹拓二王，以流传后世。则其名根一点，坚固如佛家舍利，劫火猛烈，犹烧之不失也。

自己在大梦将醒之际，还兀自编排文章，仍然属于梦中的呓语。写到此处，张岱笔锋又作转折，说到文人求名之心的炽烈，并且借用邯郸一梦来说明，它像佛家的舍利一样，无论多么猛烈的火焰都不能将其化为灰烬。一转之下碰触到张岱编撰《陶庵梦忆》的真正目的，张岱是有功名心的，在他那个时代，立德不被提倡，而立功又无门径，只剩下立言一途了。《石匮书》是明朝一代史书，规模宏大。而《陶庵梦忆》只是汇集回忆往事的文章，篇幅不大。若想让它传世，必须精美可观，让读者爱不释手，所以文字章法都经过细致打磨，经得起时间的淘洗。

《梦忆序》思路灵转，在转折中半真半假，半雅半俗，半庄半谐，读来让人感觉扑朔迷离，读者容易被作者酣畅的或诙谐的片断牵引,走进张宗子设下的圈套。细细研读全篇,还是能够找到内在的脉络,开头所说"饥饿之余,好弄笔墨"与文末"名心难化"形成了呼应,而所谓的果报、忏悔只是空中盘折而已。

三

《陶庵梦忆》是如何成书的?《梦忆序》说"遥思往事,忆即书之",似乎是亡国后回忆往事而写,但从《陶庵梦忆》中的绝大多数文章的内容和语气来看,都可以肯定是写于明亡前。不少晚明文人有写日记的习惯,如袁中道的日记编撰成《游居柿录》,张岱友人祁彪佳的日记已经编订成皇皇巨册。张岱是否也写日记已不得而知,而从《陶庵梦忆》的具体篇章来看,更像是张岱整理旧日日记,选辑其中精彩内容汇编而成。《梦忆序》说及《陶庵梦忆》的体例为"不次岁月,异年谱也;不分门类,别志林也",就是要打破时间的顺序和题材的分类,让这部书呈现碎片化的特征,这是张岱有意为之的形式。这样的体例主要是在有材料的基础上编辑而成。《陶庵梦忆》中的一些篇章可以在张岱诗文中找到源头，如《南镇祈梦》《丝社》《表胜庵》《闰元宵》《水浒牌》《合采牌》主体是抄录张岱写过的一些应用性的骈文《祈梦疏》《丝社小启》等，《泰安州客店》《闵老子茶》截取了《岱志》《茶史序》中的片断，《孔庙桧》《龙山雪》《白洋潮》《木犹龙》《王月生》《柳敬亭说书》等都有与之同题的诗歌，《阿育王寺舍利》一文记崇祯十一年（1638）二月张岱与友人秦一生至宁波访天童寺、游阿育王寺，瞻礼舍利，张岱所见舍利现出白衣观音小像，"秦一生反复视之，讫无所见，一生遑遽，面发赤，出涕而去"。随后他们又至定海演武场观水操，十六日至普陀。《天童寺僧》《定海水操》《阿育王寺舍利》三篇记此行，又有《观海诗》《海志》记渡海参拜观音道场的观感。《陶庵梦忆》中绝大多数篇章都可以与张岱的诗文连缀起来。所以，在写《梦忆序》之际，张岱所做的主要是对旧材料的选辑和编排，并非撰写具体内容。

选编旧日的作品汇集成《陶庵梦忆》，对于避居西白山中的张岱来说，是一种有意味的形式。如果把《陶庵梦忆》里的文章按照时间的顺序编排,可以构成一部张岱前半生的成长史。其中包括家族的传统和先辈的轶事,有他少年的梦想、青年的疏狂和中年的蹭蹬,因而,《陶庵梦忆》可以说是张岱的自叙传。如果按照题材编排,《陶庵梦忆》包括晚明江南社会的岁时节俗、民间习俗、百工技艺、茶食方物、市井人物等,构成一幅晚明江南社会风俗画卷,犹如北宋画家张择端的《清明上河图》。张岱在《扬州清明》文末说:"张择端作《清明上河图》,追慕汴京景物,有西方美人之思。而余目盱盱,能无梦想?"这句话很有可能是张岱在选辑旧文时添加在文末的,流露出了对明末江南城市繁华的留恋和怅惘。那么张岱为什么要打乱时间的顺序和题材的分类呢?碎片化的编排方式使阅读此书不必按照某种顺序进行,随意拈取一则,都有其独立性和自足性。对于往事的书写,张岱不愿它成为个人的年谱或类书式的材料汇编,他要让其呈现随意性和偶然性。

《陶庵梦忆》里的文章,无论记人写景,还是描述民俗风情,正如署名伍崇曜的《陶庵梦忆跋》所评:

"奇情壮采,议论风生,笔墨横恣,几令读者心目俱眩。"王文诰评之:"《梦忆》出诸游戏,而俗情文言,笔下风发,亦今亦古,自名一家,洵非奇才不能。"对于晚明社会的诸般景象,张岱有自己的叙写角度和言说方式,其中寄寓了他的文化理念、价值观念和审美情趣,这些才是他要重点呈现给读者的,才是他在碎片化的形式里提醒读者要关注的。《陶庵梦忆》的体例形式,缘于张岱以文章名世的理念,也可以理解为他对自己文章的自负。在张岱众多的著述中,《陶庵梦忆》是深具张宗子个人色彩的一本书,值得细细品读。

夜航船中的知识和学问
——读《夜航船序》

20世纪80年代初,明末清初散文家张岱及其著作逐渐引起读书界和学术界的关注。他编纂的《夜航船》在沉寂三百多年后进入大众的视野,《夜航船》是一部小型的类书,体现了张岱的知识视野和文化情怀。

一

长期以来,《夜航船序》比《夜航船》全书更为读者熟知,因为《夜航船序》收入张岱文集《琅嬛文集》,而《琅嬛文集》从清末即有刊本行世,此序又被收入各种明清小品选本,因而广为人知。《夜航船序》文笔风趣,庄谐杂出,正如周作人说的那样:"他的目的是写正经文章,但是结果很有点俳谐,你当他作俳谐文去看,然而内容还是正经的,而且又夹着悲哀。"(《再谈俳文》)我们读《夜航船序》,有时会从俳谐的角度理解,而且读书界都比较关注文末的故事:

> 昔有一僧人,与一士子同宿夜航船,士子高谈阔论,僧畏慑,卷足而寝。僧人听其语有破绽,乃曰:"请问相公,澹台灭明是一个人,两个人?"士子曰:"是两个人。"僧曰:"这等,尧舜是一个人,两个人?"士子曰:"自然是一个人!"僧乃笑曰:"这等说起来,且待小僧伸伸脚。"

这则故事被当代不少文章引用,也引发了相关的话题。张岱写文章,"欲于诙谐谑笑之中窃取其庄言法语之意"(《快园道古·小序》),在《夜航船序》中,这个故事就属"诙谐谑笑",而其中的"庄言法语"则在前文作了阐发。张岱对那种"只办口头数十个姓氏"的学问嗤之为"两脚书橱",与目不识丁者没有区别。他主张知识和学问要有"文理",即要有一根把杂乱纷繁的知识串在一起的绳索，也可以说是知识的体系和内在理路，这是一种超越记诵之学的知识观。在僧人和士人的对话中，士人因为缺乏常识而犯了想当然的错误，受到僧人的揶揄和嘲弄，这里的常识与张岱所说的"文理"比较接近。

由此就涉及《夜航船》的书名，夜航船乃江南水乡夜晚行驶的船只，是古代江南人出行的主要交通方式。不同文化、职业的人会聚于狭小的船舱，为了消磨漫长的旅程，乘客之间的交谈自然少不了，在某些场合还有竞赛的性质。张岱应该是夜航船里的常客，丰富的经历让他认识到："天下学问，唯夜航船中最难对付。"因为交流的话题和内容都带有很大的随机性和流动性。当然，夜航船里谈论的知识和学问一般不会有深度和专业水平，夜航船在晚明是某一类人的称呼："有以夜航船呼人者，谓其中群坐多人，偶语纷纷，以比浅学之破碎摘裂，足供谈笑耳。"（朱国祯《涌幢小品》卷四）张岱以《夜航船》为书名，意欲超越晚明时代关于夜航船所比拟的知识形态，意在构建以常识为基础的知识体系。

二

明代中后期,印刷业发达,书籍流通便利。晚明时代的山人领袖陈继儒开辟了一条编书捷径,即"延招吴越间穷儒老宿隐约饥寒者,使之寻章摘句,族分部居,刺取其琐言僻事,荟蕞成书,流传远迩。款启寡闻者,争购为枕中之秘"(钱谦益《列朝诗集小传》丁集下),这是陈眉公以山人而享山林优游之乐的重要经济来源。陈继儒与张岱祖父张汝霖交情颇笃,他的这种编书方式对张岱影响甚深,按照某种标准从古代典籍中搜集资料加以编排,张岱的第一本著述《古今义烈传》即是如此成书的。其他如《四书遇》《快园道古》《史阙》《瑯嬛乞巧录》等也属于此类著述。

日常生活类书在晚明时代也很流行,文人编纂的生活类书多倾向营造雅致的情调,如高濂的《遵生八笺》、屠隆的《考槃余事》、文震亨的《长物志》等,李渔的《闲情偶寄》是此类著作的集大成者,周作人认为《闲情偶寄》的独得处乃"纤悉讲人生日用处",李渔则是"了解生活法的人"。张岱的著作也受此风濡染甚深。

晚明时代在读书界还流行博雅风尚，一些著作试图将宇宙、自然、社会领域的各种知识熔于一炉，如谢肇淛的《五杂俎》，以天、地、人、物、事五部来组织内容，或摘抄古书以发议论，或将古书内容汇于一则，或就现实或历史的某个话题展开讨论。张汝霖以三十年时间编辑大型类书《韵山》，他后来见到《永乐大典》，体例与《韵山》相同，内容更为浩繁，于是长叹而辍笔。张岱的好友王雨谦也编辑了一部类书《廉书》，取材于历代正史、《太平广记》和其他稗官小说，张岱认为此书取材过于广泛，要大力芟削方可。对于类书的编写，张岱在前人经验教训和个人编纂实践的基础上，提出了"摘入""旁及""附存""芟润""广搜博览"等原则，涉及对材料的选择、加工、编排等，将编纂实践上升到理论的层面。

《琅嬛文集》所收的著述自序显示张岱晚年编纂了相当可观的日常生活类书，如《陶庵肘后方》《老饕集》《桃源历》《柱铭抄》等，《夜航船》也在其中。明亡后张岱家产荡尽，生活贫困，这些很接地气的著述表明他晚年随着生活状态的变化，著书越来越贴近日常生活和底层民众。这类著述和蒲松龄编写的《日用俗字》《农桑经》《药祟书》颇为相似。

三

《夜航船》现存两部抄本，皆藏于宁波天一阁，长期鲜为人知，直到1987年才由浙江古籍出版社整理印行。在编写过程中，张岱一方面要建构知识体系，即连缀知识的线索，另一方面要控制全书的规模。一部体量适中又比较实用的日常生活类书，如何编撰、选择条目体现了他的眼光和水平。

从体例上看，《夜航船》共分二十部，一百二十一类，四千多条目，其中天文部和地理部即古代传统的天文、地理领域，而人物、伦类、选举、政事、礼乐、兵刑、外国属于国家典章制度领域，考古、文学属于文学艺术范畴，日用、宝玩、容貌、九流属于日常生活领域，植物、四灵、荒唐、物理、方术属于博物领域，基本涵盖了明末清初时代人们关于宇宙、自然的知识和社会生活的方方面面。张岱非常注重知识的整体性，如前十八部基本属于从各类典籍上择取编排材料，而最后的"物理部""方术部"则直接采择日常生活经验入书，这两部的内容更接近日常百科全书。外国部下设"夷语"和"外译"两类，而"外译"类主要介绍了明朝周边国家和地区。

在条目的编排上，开篇用简练的语言梳理具体内容的历史发展脉络，显示出史家纵贯的意识。如《文学部·字学》开篇以较长的篇幅介绍各种文体的起源和发展，可以视为一部微型文体史。《礼乐部·礼制》"丧礼"条，简要梳理古代丧礼的演变历程。这种方式使《夜航船》中的知识既涵盖自然、社会的所有领域，又贯穿从古代到当下的时间线索，具体的条目内容都置于这纵横交织的坐标之中。这正是张岱所追求的"文理"。从此书的定位和规模来看，它是一部小型类书和百科全书，内容的编排要便于读者阅读和检索，也要兼顾趣味性和可读性。张岱一方面选择与部类最有关联的条目，一方面对条目的文字进行删削压缩，因此许多条目文字简练而略显生涩，如《选举部·州县》

之"郑尉除奸"：

> 郑虎臣，会稽尉也，解贾似道安置循州，侍妾尚数十人，虎臣悉屏去，夺其宝玉，撤轿盖，暴烈日中，令舁轿夫唱杭州歌谑之，窘辱备至。至漳州木绵庵，虎臣讽令自杀，似道不从。虎臣曰："吾为天下杀此贼，虽死何憾！"遂囚似道子于别室，即厕上拉似道椎杀之。

如果把此条与《喻世明言·木绵庵郑虎臣报冤》对读，即可领略详尽生动与粗陈梗概之间的差异。又如《宝玩部·玩器》之"竹器"：

> 南京所制竹器，以濮仲谦为第一，其所雕琢，必以竹根错节盘结怪异者方肯动手，时人得其一款物，甚珍重之。又有以斑竹为椅桌等物者，以姜姓第一，因有姜竹之称。

关于濮仲谦的竹雕艺术，《陶庵梦忆·濮仲谦雕刻》

有精彩的描写，不仅写出濮仲谦竹雕艺术的高超，也刻画了濮仲谦人品的高洁。《琅嬛文集·鸠柴奇觚记序》也有关于濮仲谦竹雕的文字。这则文字简洁干净，如与《濮仲谦雕刻》相较，则缺乏风韵和神采，这是作为类书必须要付出的代价。

《夜航船》是一部独特的类书，张岱通过这部书构建新型的知识观念，以常识为基础，博通纵贯，注重内在的线索和整体的系统。这样的知识观念是对当时流行的记诵之学或琐碎的类书的超越。在常识基础上的合理的知识结构，可以养成健全的思想和人格。

对于今天的读者来说，《夜航船》是一部较好的中国传统文化读本，它编写很早，三百多年后才向世人展现全貌。它的体例和具体条目可以让传统文化知识薄弱的读者快速了解古代知识体系和重要的典故，为阅读古代典籍打下基础。张岱是散文大家，我们能够从中领略到简练、干净、平实之美。

与古代经典的邂逅相遇
——读《四书遇序》

《四书遇》是张岱研读《四书》的札记,始作于明末,易代之际书稿随张岱东西奔走,入清后张岱又加以增补修订,前后约三十年。抄稿本藏于浙江图书馆,全书不分卷,章节依朱熹《四书集注》的次序。张岱为《四书遇》所写的序言阐述了他的解经方法和学术思想,文章也写得生动活泼,庄谐杂出,具有典型的张岱个人风格,并涉及晚明文人研读经典的方式。

一

《四书遇》的书名取自《庄子》,张岱编撰《四书遇》应该受到晚明文人注解《庄子》的风气的影响。

万历二十六年（1598）冬，袁宏道任国子监教授，与袁中道共同撰写《庄子》注解专书，《答李元善》云："寒天无事，小修著《导庄》，弟著《广庄》，各七篇。导者导其流，似疏非疏也；广者推广其意，自为一《庄》，如左氏之《春秋》，《易经》之《太玄》也。"（《袁宏道集笺校》卷二二）《庄子》以其旨趣玄远，魏晋时期被称为"三玄"之一，与禅宗思想有许多可以相互沟通之处，在中国的思想史中，庄禅往往并称。晚明文人喜爱谈禅，《庄子》也是他们研读与探讨的经典。竟陵派领袖谭元春把他的《庄子》读书笔记命名为《遇庄》，他说："名曰《遇庄》，道路间或一遇之，不敢以为堂室在此。然嵇中散云：'此书那得须注。'真是名言，不可注，或可遇耳。庄子亦云：'有能通其解者，是旦暮遇之也。'则庄子未尝不许人遇矣。"（《谭元春集》卷二七《与舍弟五人书》）"旦暮遇之"出自《庄子·齐物论》："是其言也，其名为吊诡。万世之后，而一遇大圣知其解者，是旦暮遇之也。"意谓解人难得，要经过漫长的时间才能遇见，但感觉很短促，就像从早晨到晚上一样。《四书遇》的书名可以看出受到了《遇庄》的影响。

《四书遇序》开篇从古代经典的注解说起：

> 六经、四子，自有注脚，而十去其五六矣；自有诠解，而去其八九矣。故先辈有言，六经有解不如无解，完完全全几句好白文，却被训诂讲章说得零星破碎，岂不重可惜哉？

程朱理学是明代的官方思想，朱熹学派注解的四书五经成为明代科举考试指定书目，读书人必须将朱注经典烂熟于胸，才能在科场上博取功名。朱熹所注解的经典有重要的思想史和学术史价值，但将其定于一尊，并且作为读书人做官入仕的敲门砖，它的积极意义就大打折扣，而负面影响愈益突显。开篇这几句话使用口语，文气洒脱跌宕，显示了作者自由不羁的个性。

张岱接着写道：

> 余幼遵大父教，不读朱注。凡看经书，未尝敢以各家注疏横据胸中，正襟危坐，朗诵白文数

十余过,其意义忽然有省。间有不能强解者,无意无义,贮之胸中,或一年,或二年,或读他书,或听人议论,或见山川、云物、鸟兽、虫鱼,触目惊心,忽于此书有悟,取而出之,名曰《四书遇》。盖"遇"之云者,谓不于其家,不于其寓,直于途次之中邂逅遇之也。

张岱的祖父张汝霖,"幼好古学,博览群书",他眼界开阔,不为科举制艺所囿。虽然科场蹭蹬二十年,"益励精古学,不肯稍袭占哔,以冀诡遇"(张岱《家传》),他教儿子读书的方法为"惟读古书,不看时艺"。在家族之中,祖父对张岱的影响最大,读四书"不读朱注",乃是"不看时艺"思路的体现。读古代经典,不从各家注疏入手,而是注重朗读白文,在朗诵中体会原文的意思。对那些一时不能理解的部分,就作为问题贮存起来,随着人生阅历的丰富,在某一个特定的时机,由于某些因素的激发,对长期未能理解的古代经典忽然领悟,豁然开朗。张岱所理解的"遇",与《庄子》的"旦暮遇之"不同,是后代读者与古代经典在路途中的邂逅相遇，看上去像是偶然的，随机的，却又像事先已有精心的安排，为了这次美丽的相遇已等待了好久。

二

以"邂逅遇之"来解释书名，张岱仍觉得没有说透，他对拈出的"遇"字，深有体会和感慨，他接着解说"遇"字的内涵：

> 古人见道旁蛇斗而悟草书，见公孙大娘舞剑器而笔法大进，盖有以遇之也。古人精思静悟，钻研已久，而石火电光，忽然灼露，其机神摄合，政不知从何处着想也。

"古人见道旁蛇斗而悟草书"见于苏轼《跋文与可论草书后》："余学草书凡十年，终未得古人用笔相传之法。后因见道上斗蛇，遂得其妙。乃知颠、素之各有所悟，然后至于此耳。""见公孙大娘舞剑器而笔法大进"指唐代书法大家张旭的学书经历,杜甫《观公孙大娘弟子舞剑器行》诗序云:"昔者吴人张旭善草书书帖,数尝于邺县见公孙大娘舞西河剑器,自此草书长进,豪荡感激,即公孙可知矣。"在中国书法的几种书体中,草书最具写意性和抒情性。张岱所举的两例说明草书艺术家在长期艺术积累的基础上,也要通过外界物象或其他艺术形式的感发才能提高技艺水平,进入心手相应的神妙境界。张岱把这个感发的现象称为"遇",是"石火电光,忽然灼露"的奇妙时刻。

在中国的文学艺术中,越是抒情写意的文艺形式,越需要外界物象或其他艺术门类的感发。在创作和鉴赏过程中,要特别注重不同艺术门类的融通。苏轼谈论书法,说:"古人得笔法有所自,张长史以剑器,容有是理,雷太简乃云闻江声而笔法进,文与可亦言见蛇斗而草书长,此殆谬矣。"虽然苏轼不太赞同闻江声而笔法进、见蛇斗而草书长的说法,但这种观点已经长久地流行。徐渭在《李伯子画册序》中说:"夫争道斗蛇,何预于书?闻声渡水,何预于禅?而一触即悟，终身乐之不穷。"万事万物皆可相通，关键在于作者或鉴赏者能够通过感发而悟入，进入自由融通的境界。张岱既能从事文艺创作，又精于赏鉴，他对中国古代文艺注重感发的思维方式有深刻的体会，在文艺创作、鉴赏及日常生活中，将它贯彻在具体的实践之中，如《曲中妓王月生》诗末云："但以佳茗比佳人，自古何人见及此？犹言书法在江声，闻者喷饭满其几。"

张岱笔锋一转，说起举子作八股文的情形：

> 举子十年攻苦，于风檐寸晷之中构成七艺，而主司以醉梦之余，忽然相投，如磁引铁，如珀摄芥，相悦以解，直欲以全副精神注之。其所遇之奥窍，真有不可得而自解者矣。

"风檐寸晷"与"醉梦之余"形成明显的对比反差，这段话说明考官评定举子八股文的等级，也存在一个"遇"的现象，其中微妙之处连当事者都不能说清楚。言外之意，考官评阅举子的考卷，存在着极大的不确定性和偶然性。如此说来,"遇"似乎也有负面的影响。张岱在明末的考场上挣扎了二三十年,才华卓荦却一直未能考中举人,甚至在崇祯八年(1635)的岁考中被考官刘鳞长判为五等,这段话是张岱的伤心之语。明代的科举主要是考四书文,他写四书的读书笔记,不能说与科举毫无关系,我们可以想见张岱写这段话时的痛苦和纠结。他紧接着对"遇"进行推广延伸:

> 推而究之,色、声、香、味、触、法中间无不有遇之。一窍特留,以待深心明眼之人,邂逅相遇,遂成莫逆耳。

世间的一切事物皆可被理解和欣赏,这需要"深心明眼之人",也就是张岱在诗文中经常提到的"解人",一切的美好,"深情领略,是在解人"。

文末记叙《四书遇》书稿在明清易代之际的遭遇:

> 余遭乱离两载,东奔西走,身无长物,委弃无余,独于此书,收之箧底,不遗只字。

这就像当年苏东坡渡海遇险，自信携带的《易解》和《论语解》书稿还未行世，船一定不会沉没。张岱最后说：

> 然则余书之遇知已，与不遇盗贼水火，均之一遇也，遇其可易言哉？

始终围绕"遇"字盘旋曲折，足可见张宗子文心灵转，笔力矫健。

三

根据《四书遇序》，《四书遇》是张岱以"遇"的方式注解四书的笔记，张岱所标举的"遇"，具有典型的文艺思维特征，注重在某一特定机缘下由外物或其他门类艺术形式感发而获得的领悟。《四书遇》的具体内容可分为两部分：一是张岱征引他人解释四书文义的片段，二是张岱自己解说四书文义的文字。据统计，《四书遇》中引用部分涉及的人物有 267 人之多，其中大部分为唐宋元明著名的学者、理学家、文学家，也有一部分为晚明时代名声不著的文人，由此可见张岱为编撰此书涉猎之广。仔细研读可以发现，《四书遇》主要以朱熹《四书集注》和李贽《四书评》作为参照进行编撰。《四书遇》涉及朱注有54处，其中赞同朱注16处，其他38处则与朱注进行比较、商榷。涉及李贽《四书评》有18处，多为赞同或发挥李贽的观点。《四书遇》编撰之初并非与科举毫无关联，朱熹的《四书集注》是必须面对的权威，从张岱对朱注的处理可以看出即使是为科考服务，他也没有匍匐在朱注之下，而是以客观的态度分析其得失，在读书治学中，张岱这种充分发扬知性主体精神的做法是值得肯定的。

以禅宗的思想、术语和方法解说儒家经典，是晚明流行的风气。《四书遇》也明显地受到这种风气的影响。正如马一浮先生给此书所写题记："明人说经，大似禅家举公案，张宗子亦同此血脉。卷中时有隽语，虽未必得旨，亦自可喜；胜于碎义逃难、味同嚼蜡者远矣。"张岱解经虽然不一定准确，但读起来颇有意味，比那些繁琐注疏要强多了。这部分内容最能见出"遇"的特色,也可领略张岱操纵语录体的高超技艺,如他解《论语·为政·十世章》:

> 子张看得世上事不过是这光景,故曰"可知"。然中间还有信不过处,故止曰"十世"。夫子横眼一觑,见戏场中许多杂剧,只是悲欢离合之套数。故把夏殷周做个榜样说,随你禹汤文武圣人,也跳不出圈套,有恁么古怪事,所以道唐虞揖让三杯酒,汤武征诛一局棋。看得破时,天大来事不直一笑。

这里有对比,有神情,有看破世情的透脱和苍凉,在错落的文字中流动着跌宕不平之气,有几分柳敬亭说书的味道。这一段文字可与《桃花扇》中《听稗》一折对读。张岱解《论语·述而·执鞭章》:

> 扰扰红尘,见清泉白石,未免有脱兔投林之想。黄粱未熟,偷心不画。行到黄河渡口,才嗒然死

了去也。

这是有文采的语录体,与晚明清言的语体风格相近,张岱散文的语言,实从语录体转手而来。

张岱的解经方式体现在"朗诵白文数十余过"的过程所得到的悟解。张岱以文学家的敏锐直觉,通过对经文中虚字的涵泳,体会文字背后古代圣贤的性情和心理,使被后人尊为神圣的经典平易生动,充满人间情味,如张岱解《论语·为政·诲知章》:

> 《论语》中"之"字、"斯"字、"是"字,最当着眼,如"是知也","是丘也",俱急切指认。一是不可当下埋没了这点真灵明;一是不可当前蹉过了这个真面目。

又如解《论语·卫灵公·如何章》:

> "如之何,如之何",乃心与口自相商量之词。率意妄行的人,其病有二:一是躁妄,不肯"如

之何"。一是木石，不知"如之何"。圣人即借此三字唤醒，煞是婆心。

《论语·述而·见圣章》经文中有两"子曰"，朱注疑后一"子曰"为衍文，张岱却作如是解说：

> 记者于中间复下"子曰"二字，便把当日俯思仰叹光景画出，真传神手也。经书中如此妙处不少，都被俗儒抹却。

把经典当作文学来读，脱下后人披在其身上神圣的外衣，这样的解经立场和视角自有可取之处。

《四书遇序》是一篇阐述张岱学术文艺思想的绝妙文章，《四书遇》是一部有趣的解经著作。在书中，我们可以读到平视经典的眼光，充满智慧的见解，洒脱诙谐的趣味，精妙纯粹的白话，在领略张岱的思想风度和语言之美的同时，也会得到思维的启发、哲理的启示及与经典相遇的愉悦。

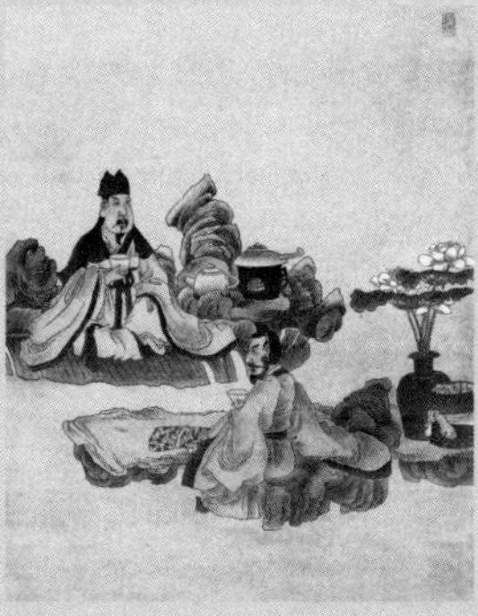

明末清初越中士人饮食观念的自省
——从王思任《五簋斋铭》到张岱《戒杀诗》

晚明是一个张扬感性享乐的时代,泰州学派的思想给感性享乐提供了理论依据。在饮食上,江南富庶之地追求丰腆豪奢。在举世奢华的风气下,浙东士人由王思任发起,继承苏轼的饮食思想和实践,提倡俭约、节制、素食,主张饮食以满足人的基本需要为度,反对铺张、虐生。经陈函辉、张岱、李渔等人的发挥,内涵更为丰富,更具理性和人文关怀。

一

饮食是人类最基本的生命活动,一个时代的饮食风尚最能体现这个时代的特征和精神。明代初中期,由于立国之初的政令和程朱理学的导向,整个社会崇尚俭朴、节制的饮食,而中期以后渐趋奢靡豪纵,这在不少明代笔记里都有记述。顾起元描述正统年间南京士大夫请客宴饮情形:

> 南都正统中延客,止当日早,令一童子至各家邀云"请吃饭"。至巳时,则客已毕集矣。如六人、八人,止用大八仙桌一张,肴止四大盘,四隅四小菜,不设果,酒用二大杯轮饮,桌中置一大碗,注水涤杯,更斟送次客,曰"汕碗",午后散席。(《客座赘语》卷七《南都旧日宴集》)

不仅菜肴简单,连酒杯都轮番使用,当时的宴饮确实够俭朴的,甚至有点儿寒酸。

晚明时期的江南地区,商品经济繁荣,市镇规模扩大,此时从宫廷到市井都笼罩在讲究感官享乐、追求奢华僭越的风气之下,张翰概括为:"人情以放荡为快,世风以侈靡相高,虽逾制犯禁,不知忌也。"(《松窗梦语》卷七)饮食风尚也由俭素变为奢靡,从菜肴的种类、数量到客席和器皿，都以丰厚、奢侈为高。叶梦珠谈明末江南宴会情形说：

> 肆筵设席，吴下向来丰盛。缙绅之家，或宴官长，一席之间，水陆珍羞，多至数十品。即士庶及中人之家，新亲严席，有多至二三十品者，若十余品则是寻常之会矣。（《阅世编》卷九）

文人也受到时代风气的影响，追逐食物的味道，以品尝美食为生活情趣。袁宏道所言"目极世间之色，耳极世间之声，身极世间之鲜，口极世间之谭"（《袁宏道集笺校》卷五《龚惟长先生》），颇能代表当时士人的态度，为追逐美食之风推波助澜。为达此目的，不少人甚至残酷地虐杀动物来满足个人的口腹之欲，谢肇淛描述晚明虐杀之风："至于宰杀牲畜，多以惨酷取味。鹅、鸭之属皆以铁笼罩之，炙之以火，饮以椒浆，毛尽脱落，未死而肉已熟矣。驴、羊之类皆活割取其肉，有肉尽而未死者。冤楚之状，令人不忍见闻。"（《五杂俎》卷一一）追逐美食与其他享乐风潮结合，形成明末豪纵侈靡的宴饮风尚。崇祯末年，江北士人避乱聚集南都，此时"每开筵宴，则传呼乐籍，罗绮芬芳。行酒纠觞，留髡送客，酒阑棋罢，堕珥遗簪。真欲界之仙都，升平之乐国也"（余怀《板桥杂记》上卷）。亡国前的士人聚会，不仅酒席豪奢，还要有声伎弹唱，场面之奢华非明初士人所能想象。秦淮名妓顾媚的眉楼是复社名士经常聚集之所，除了女主人的姿容技艺外，顾家的美食也是吸引众多名士趋之若鹜的因素。余怀以流连而伤感的笔调写道："当是时，江南侈靡。文酒之宴，红妆与乌巾紫裘相间，座无眉娘不乐。而尤艳顾家厨食品，差拟郇公、李太尉，以故设筵眉楼者无虚日。"（《板桥杂记》中卷）

在声色酣饮风尚盛行之时，仍有一些自律甚严的士人坚守俭约朴素的传统，如高攀龙任职潮州时，公余与朋友聚会，"归则自麓与鸿阳携酒西园，相约以菜止五簋，尽祛繁仪。时潮俗颇侈，萧氏诸郎皆谓不可，自麓见信，独守约言"（《高子遗书》卷一〇）。僻处南海一隅的潮州也染上了侈靡的饮食风尚，高攀龙力倡俭约，而应者寥寥，可见流行风气之强大。还有一些文人结社，饮食本着简朴、实惠的原则，重心则在诗词吟咏，如李日华发起花鸟社，以赏花吟咏为主题，他在《花鸟檄》中对饮食作了如下的规定："品馔不过五物，务取鲜洁"，"攒碟务取时鲜精品"，"用上白米斗余，作精饭，佳蔬二品，鲜汤一品"，"酒备二品，须极佳者"，"用精面作炊食一二品"。强调食物的精致、干净、新鲜，排斥"流俗糖物粗果"和"严至蜇口，甘至停膈"的劣酒，这样的饮食规则在晚明文人结社雅聚中颇具代表性。蒋德璟在闽南成立笋江社，倡导俭约，他作《笋江社申宁俭说》提出宁俭之"五要"，其二为"省宴费"，他说："古人以四簋为敬，至天子则用八簋为最腆，今罗列水陆，几至数倍，非礼也。"然后以宋司马光的"真率会"和苏轼《节饮食说》为指导，提出："诸宴坐会，合坐止五簋，即大飨，止用八簋，勿效何曾辈所为。"（《明文海》卷一〇九）

二

崇祯年间，浙东文人在饮食上发起提倡素食、崇尚简约的风气，王思任率先践行并撰文号召，他在《享二铭》中表明自奉之道：

> 自今以往，仿坡老意，自奉止一菜一肉。客肯过存者，亦即告之而率以为常。此不但安分养福，宽胃养气，省费养财，而室无劳攘，庖不忍声，见在获养心养命之祥。（《文饭小品》卷一）

而《五簋斋铭》则说明待客之道：

> 请则不敢，未能免俗。留则所愿，客今不速。飨或一牲，器不破六。惜命养廉，推心置腹。天地此数，人神共福。虽非丰腆，未尝不足。何以将之，鲁酒脱粟。何以概之，园蔬便肉。何以娱之，琴书棋局。何以乐之，山青水绿。（《文饭小品》卷一）

王思任无论自奉还是待客都提倡简约，显然是不满于明末奢侈的饮食风气，他希望通过提倡并践行简约来矫正时风。倪元璐《五簋享铭》直接点明提倡饮食俭约的背景："饮食之事而有江河之忧,我辈不救,谁救之者?天下岂有我辈聚会,是饮食人?《诗》云:'以燕乐嘉宾之心。'言燕宾宜娱其意也。"(《倪文贞集》卷一七)士人聚会宴饮的主要目的是娱乐精神,重心不在饮食,这是一批有反省和担当意识的士人的自发行为。

明末浙东文人的饮食观念和规范是在学习借鉴苏轼的基础上形成的。在晚明社会和文学思潮背景下,苏东坡的诗意人生和行云流水般的小品文字成为性灵文人倾慕的典范。苏轼不仅是宋代的文学、艺术大师,也是中国饮食文化史上最有影响的美食家之一,他的饮食观念和实践对宋以后的士大夫的影响极为深远。苏轼自称老饕,作《老饕赋》,描写自己享受美食、春醪、茗茶的快乐,把日常的饮食行为写得有声有色,极具艺术魅力。苏轼不排斥肉食,但更倾向于素食,他的《菜羹赋》说:"水陆之味,贫不能致,煮蔓菁、芦菔、苦荠而食之。其法不用醯酱,而有自然之味。盖易具而可常享。"与菜羹的自然之味相呼应的,是食者的心态和人格："先生心平而气和，故虽老而体胖。计余食之几何，固无患于长贫。忘口腹之为累，以不杀而成仁。窃比予于谁欤？葛天氏之遗民。"素食之益，在于培养仁爱之心和安贫乐道之人格，这个思想对后代文人的饮食观影响尤巨。苏轼还主张饮食应适度，有所节制，《节饮食说》云："东坡居士自今日以往，早晚饮食，不过一爵一肉。有尊客盛馔，则三之，可损不可增。有召我者，预以此告之，主人不从而过是，乃止。一曰安分以养福。二曰宽胃以养气。三曰省费以养财。"饮食是一种感性行为，苏轼以理性的态度来控制饮食，在自奉和待客上注重节制，体现养德、健康、节俭的精神，浓缩了中国古代饮食思想的精华。

王思任聪明绝世，却仕途偃蹇，一生大部分时间都在绍兴闲居。他号"谑庵"，以诙谐戏谑著称于晚明士林。他对苏轼的养生之道深有会心，认为苏东坡非常重视日常生活细节的调理，"饮有饮法，食有食法，睡有睡法，行游消遣有行游消遣之法"（《文饭小品》卷五《东坡养生集序》），在饮食上，王思任便刻意模仿苏轼，饮食的简约、节制，是为了达到"自得"

的养生境界,王思任阐发苏东坡的养生之道说:"是故有嬉笑而无怒骂,有感慨而无哀伤,有疏旷而无逼窄,有把柄而无震荡,有顺受而无逆施。烧猪熟烂,剔齿亦佳;拄杖随投,曳脚俱妙,所谓无入而不自得者也,此之谓能养生。"这段话可以视为王思任的夫子自道,通过简单的饮食,达到自由洒脱的精神境界。倪元璐在《五簋享铭》中也阐发简约饮食的功用:"夫惟简朴,名美用臧。朴则丰洁,简乃精良。以少为贵,岂作于凉。五簋十豆,惟酒无量。安燕不乱,守之以庄。永朝永夕,葛天之乡。"明亡后王思任作《蔬笋说》,以屯积聚财而被夹脑斩腰的外戚周奎的结局和肉食后渴求蔬笋的共性来说明:"信乎蔬笋之味长也。"(《文饭小品》卷一)在明清易代的背景下来谈蔬笋之味,包含了深厚的内容和沉痛的体验,饮食之事与政治发生了密切的联系。

三

王思任的主张在士人群体中得到呼应,陈函辉和他的友人发起成立一个率豆社,以王思任《五簋斋铭》作为思想基础,陈函辉认为:"先生此铭不但可大,而又可久,可大者公之天下,可久者公之世世。省生命、雅体貌、洽交情,风流脱洒不可思议,此用昔贤之意,酌妥而妙发之者也。"(《小寒山子集》)率豆社继承朋友聚会饮食简约的原则,"相知在心,决不在吃"(陈梁《三豆约》),他们更注重精神层面的享受。他们明确倡导素食,反对杀牲,《小寒山率豆铭》后附《客到不杀牲约》,陈函辉说:"《乡党》一章形容孔夫子侈德至矣,三嗅而作,岂非仁人之用心与?吾儒诵法圣贤,何必借二氏以说慈悲俭省?"把《论语》之《乡党》看作饮食经典,士人的饮食思想都可从此章寻找资源,不必利用佛、道戒杀的思想。陈函辉《台州豆腐记》就是率豆社社集之作,因社友陈梁写了篇《美腐记》,夸耀自家的豆腐羹,引发了陈函辉赞扬台州豆腐的热情,他说:"予谓建宁多一糟,颇腐气;则梁多一羹,亦腐财;不如台腐脆美,本于直捷,才出架头,便可入口为快也。"文中还记述了台州豆腐的制作方法:"其法亦绝无奇,浸以山泉,漉以细绢,泉自无滓,绢能去渣。酿不用膏，用淡盐水，以盐水坚而不实，无膏意，凡业此者皆台人也。"文末点出了台州豆腐的高明之处："惟淡故不厌，台腐亦然。"注重食物的本味，对于素食来说，其本味一般都较为平淡，平淡之中见真味，这已成为率豆社文人的共识。此文后附有疏、敕、表、笺、书、赞、传、偈八文，围绕台州豆腐做足了文章，在古代关于食品的文学作品中别具一格。

张岱于明亡前对饮食颇为讲究，他写下了数量可观的关于饮食的诗文。《咏方物二十首》诗前小序说："自是老饕，遂为诸物董狐。"他称自己："越中清馋，无过余者，喜啖方物。"（《方物》）张岱不仅尽可能地去品尝、享受全国各地的特色食物，还以史家的意识和文人的生花妙笔进行品评、描写，留下了生鲜的文字，饮食文学在张岱手里达到了一个新的高度。张岱的饮食思想和生活非常明显地受到王思任的影响，虽然他说自己"好美食"，但他中年时期一度在香炉峰筑室隐居读书，《和有会而作》描写此时的生活："山中无俗事，粗粝可充饥。涧下青荇嫩，坡前笋蕨肥。"吃的是山中的野菜和竹笋，有点苦行僧的味道，然而这是张岱颇为留恋和怀念的生活。明亡前张岱虽然家境殷实,却算不上豪富。他所谓的奢华生活其实是当时普通士大夫的生活情形。明亡后,经历过残酷战争和流离失所的艰难,张岱于顺治六年(1649)回到绍兴城里,僦居龙山北麓的快园。其《快园十章》其六云:"厥蔬维何?冬菘夏瓠。味含土膏,气饱风露。藿食纯羹,以安吾素。曰买菜乎,求益则那。"其八云:"伊余怀人,客到则喜。园果园蔬,不出三簋。何以燕之?雪芽褉水。何以娱之?佛书《心史》。"此时他已一贫如洗,只能过布衣蔬食的生活,待客也十分简朴,上引两章从内容到形式都可看出王思任《五簋斋铭》的影响。《戒杀诗三章》涉及素食和杀生的问题,张岱继承了王思任的思想,主张"不取不放,浑然古始",谈杀生自然会与佛教因果轮回观念有关,张岱也不能完全摆脱。但他的戒杀,还有更深层的因素:"东坡戒杀,谓经忧患。陶庵好生,身遭祸乱。绝胝屠肠,眼中看见。杀尔若何?当作是观。"他亲眼看到那些在战乱中被砍头破肠的兵民的尸体,只有身经战乱而又有慈悲心肠的人才会有如此沉重的感叹,张岱的素食思想里有深厚的人文情怀。

崇尚素食，反对杀生，在明末清初已经成为一些士人的共识。李渔认为饮食之道应该"脍不如肉，肉不如蔬，亦以其渐近自然也"，在《闲情偶寄》之《饮馔部》中，李渔的内容安排是"后肉食而首蔬菜"，他强调："至重宰割而惜生命，又其念兹在兹，而不忍或忘者矣。"李渔尤其反感对动物的虐杀，他介绍了当时一种残酷的制作鹅掌的方法之后发表了如下的议论："物不幸而为人所畜，食人之食，死人之事。偿之以死亦足矣，奈何未死之先，又加若是之惨刑乎？二掌虽美，入口即消，其受痛楚之时，则有百倍于此者，以生物多时之痛楚，易我片刻之甘甜，忍人不为，况稍具婆心者乎？"人类如何对待作为食物的动物的生命，当文明达到一定的高度的时候就成为一个社会问题。晚明时代，虐杀动物以求美食的风气十分流行，李渔的观点体现了生物伦理立场。张岱也对禁囿于西湖放生池的鱼深表同情，认为"鱼若能言，其苦万状"，他跟莲池大师说："鸡凫豚豛，皆借食于人，若兔鹿猵狲，放之山林，皆能自食，何苦锁禁，待以胥縻？"

(《西湖梦寻》卷三)体现了"物性自遂"的观点。张岱、李渔的生物伦理思想可以代表明末清初时代所能达到的高度。

对于感性享乐,强力束缚和极度放纵都会引发严重的后果,只有适度的满足才是合理的解决之道,这需要当事者对感性享乐有一种理性的态度。明末清初的浙东文人正是看到了饮食奢靡的弊端之后,才提出了合理近情的饮食观念,其中包含着理性精神和生物伦理关怀,对于后世的饮食方式和饮食风尚,具有重要的启示意义。只有敬畏他人和他类的生命,才能使自己的生命充实而有光辉。

兰香与时尚
——《闵老子茶》中的茶艺和茶道

《闵老子茶》是一篇精彩的文章，张岱以简净的文笔写活了明末南京桃叶渡口两位茶艺高手斗茶的场面，今天的读者从文字里仍然可以嗅到三百多年前的茶香，感受晚明时代的茶艺和茶道，闵老子的性格神态历历如在眼前。《闵老子茶》一文包含着丰富而深厚的茶文化信息，已有的关于此文茶艺的注解阐释众说纷纭，含糊不清。笔者研读张岱著述和明清茶文献有年，今试对《闵老子茶》所涉茶艺作一探析，由此可知张岱文化精神之内蕴。

一

《闵老子茶》写闵汶水第一次泡给张岱的茶：

> 灯下视茶色，与瓷瓯无别，而香气逼人，余叫绝。余问汶水曰："此茶何产？"汶水曰："阆苑茶也。"余再啜之，曰："莫绐余。是阆苑制法，而味不似。"汶水匿笑曰："客知是何产？"余再啜之，曰："何其似罗岕甚也？"汶水吐舌曰："奇！奇！"

这段文字涉及晚明名茶松萝茶和岕茶的制作工艺，也体现了当时品评茶叶的标准。闵汶水故意设置障碍迷惑对方，而张岱对各种名茶的特性、制法了然于胸，很轻松地说出茶叶的产地和工艺，令闵汶水惊讶不已。松萝茶是在隆庆年间崛起的新茶，以香气浓郁著称，其制作工艺精良，采摘时须对嫩叶作精细处理，炒焙的要点包括炒锅预热、快炒速冷、适当揉捻、文火焙干等工序，代表晚明时期最先进的炒青工艺。万历中后期，松萝茶已与龙井、虎丘等名茶颉颃。万历后期至清初，松萝茶的制作工艺逐渐在皖南、浙江、福建等地推广，提高了各地成品茶的品质。闵汶水是松萝茶名家，清初王弘撰说："今之松萝茗有最佳者，曰闵茶，盖始于闵汶水，今特依其法制之耳。"（《山志》卷三）晚明文人最为推崇的则属产于宜兴和长兴交界处的岕茶，岕茶的采摘制作与松萝茶不同，一般在立夏前五六天采摘，并用"蒸青熟焙"的制法，品饮岕茶要先洗后煮，且须小壶品饮，周高起《洞山岕茶系》指出品饮岕茶的要点："岕茶德全，策勋惟归洗控……惟岕既经洗控，神理绵绵，止须上投耳。"岕茶的品质和品饮方式与幽雅的文人精神有着内在的联系，因而深受晚明文人的喜爱。文人经常流连的秦淮旧院也流行品饮岕茶，余怀《板桥杂记》写旧院狎客张魁"每晨朝，即到楼馆，插瓶花，爇炉香，洗岕片，拂拭琴几，位置衣桁，不令主人知也"。

理解上文所引《闵老子茶》文字的关键是要弄清"阆苑茶"所指何茶。"阆苑"本义指仙人所居之所，晚明名茶中并未见有"阆苑茶"的名号，那么，"阆苑茶"到底是什么茶呢？通过查阅明代茶文献，笔者认为"阆苑"乃"榔源"之误写，应属音近而误抄，或以音近而故意雅化。晚明福建文人徐𤊹《茗谭》说："余尝至休宁……远麓有地名榔源，产茶。山僧偶得制法，托松萝之名，大噪一时，茶因涌贵。僧既还俗，客索茗于松萝，司牧无以应，往往赝售。然世之所传松萝，岂皆榔源产欤？"可知晚明松萝茶的真正产地是榔源，道光《休宁县志》卷五说："邑之镇山曰松萝，远麓为榔源，多种茶，僧得吴人郭第制法，遂托松萝，名噪一时，茶因踊贵。僧贾利还俗，人去名存，土客索茗松萝，徒使市肆伪售。""榔源"今作"琅源"，"琅源松萝"现在仍然是休宁松萝茶的品牌。松萝茶之名号乃因茶僧大方在松萝山结庵制茶，榔源才是松萝茶的真正产地。松萝茶的制法在晚明炒青绿茶中较为精细，逐步在其他产茶区推广。闵汶水是松萝茶名家，称自己泡的茶产于榔源，比较合于情理。这泡茶香气浓郁，符合松萝茶特色，而茶汤颜色很淡，"与瓷瓯无别"，这一点又与松萝茶不同，因为松萝茶的茶汤呈较重的绿亮色。而芥茶的特点是"香幽色白"，

并非"色浓香烈"(《洞山岕茶系》)。所以,闵汶水的这泡茶是用松萝茶工艺制作的岕茶。《闵老子茶》后文云:

> 少顷,持一壶,满斟余曰:"客啜此。"余曰:"香扑烈,味甚浑厚,此春茶耶?向瀹者的是秋采。"

可知闵汶水不仅以松萝茶的炒青工艺制作岕茶春茶,也制作秋茶,打破了岕茶采摘的时间限制。松萝工艺制作的岕茶兼有松萝的香气和岕茶的色泽,这样的"闵茶"风行江南是不难想见的。

二

《闵老子茶》又记叙张岱和闵汶水关于水质的品鉴:

> 余问:"水何水?"曰:"惠泉。"余又曰:"莫绐余!惠泉走千里,水劳而圭角不动,何也?"

> 汶水曰："不复敢隐。其取惠水，必淘井，静夜候新泉至，旋汲之，山石磊磊藉瓮底，舟非风则勿行，故水之生磊，即寻常惠水犹逊一头地，况他水耶？"又吐舌曰："奇！奇！"

在中国古代茶事中，无论是唐宋的饼茶碾煎还是明清的叶茶瀹泡，水都是决定茶汤品质的极为重要的因素。在古代的茶文献中，品水著作是一个重要的门类。晚明苏州文人张大复说："茶性必发于水，八分之茶，遇水十分，茶亦十分矣。八分之水，试茶十分，茶只八分耳。"（《梅花草堂笔谈》卷二《试茶》）这颇能代表晚明人对茶水关系的理解。作为茶艺名家，除了茶的制作，对烹茶所用的水质的讲究也是其茶艺水平的重要内容。

自唐代以来，惠山泉因茶圣陆羽的品鉴而享有天下第二泉的声誉，它是茶人心目中最理想的煎茶、泡茶用水。惠山泉水的声名长久不衰，到了宋代，惠山泉水已成为士大夫间的高档礼品，它的运输和保鲜也牵动着众多茶客的注意。《雪庵清史》记载了这样一则逸事：

> 泉冽性駛，非扃以金银器，味必破器而走矣。有馈中泠泉于欧阳文忠者，公讶曰："君故贫士，何为致此奇贶？"徐视馈器，乃曰："水味尽矣。"

泉水清冽之性容易散失，必须密封于金银制作的器皿中方能保持鲜洁，欧阳修从装水容器判断其中水质已变，体现了宋人对泉水品质的理解和保鲜措施。泉水要运往外地，必须要装进瓶罐，经过舟车搬运，这个过程也必然会使泉水的品质遭到破坏。怎样才能使经过长途运输的泉水保持新鲜度呢？《万花谷》云：

> 黄山谷有《井水帖》云：取井傍十数小石，置瓶中，令水不浊。故《咏慧山泉》诗云"锡谷寒泉椭石俱"是也。石圆而长曰椭，所以澄水。

这种在瓶瓮底部放上石头用以澄清惠山泉水的方法在宋代比较流行，楼钥《谢黄汝济教授惠建茶并惠山泉》诗中即说："细倾琼液清如旧，更瀹云芽味始全。或问此为真品否，其中自有石如拳。"(《攻媿集》卷一〇)黄汝济送给楼钥的惠山泉即在瓮底放了石头以保持水质不坏。闵汶水把惠山泉从无锡运到南京，也采用了这种方法。他做得更为精细，在取水上，汲取半夜新涌出的惠山泉水，在运输上，完全靠风力行船，船的行驶比较平稳，基本上不会有剧烈的摇动，最大程度保持了惠山泉水清冽之性。

张岱是品水高手，自称："昔人水辨淄渑，侈为异事。诸水到口，实实易辨，何待易牙？"(《陶庵梦忆》卷三《禊泉》)他在绍兴城南斑竹庵发现禊泉，其水"磷磷有圭角"，他比较绍兴东南太平山上惠泉水运到城里后和禊泉的差别："在蠡城，惠泉亦劳而微热，此方鲜磊，亦胜一等矣。""劳"指泉水在搬运过程中因摇晃而失去其最初的鲜洁。张岱用"圭角"来形容之，圭是一种上尖下方的玉制礼器，圭角即圭之棱角，犹言锋芒，我们可以这样来理解张岱的描绘：未经搬运的泉水有一种特别分明、尖锐的新鲜感，而搬运后这种新鲜感往往会丧失，正如宋人所说的"泉冽性驶"。

张岱认为惠山泉从无锡运到南京,其"圭角"必然损失,而闵汶水的水却"水劳而圭角不动",所以认为闵汶水欺骗了他。闵汶水以其细致的功夫保证了惠山泉水的鲜洁,精致的茶艺就这样由一代代执着而较真的茶人传承、发展,不断挑战极限而臻于化境。

三

"闵茶"得到大众的喜爱和热捧,除了工艺精良和经营有方之外,闵汶水的人格魅力也不容小觑。闵汶水是和说书艺人柳敬亭、竹雕艺人濮仲谦相似的身怀绝技的市井艺人。刘銮《五石瓠》记载:

> 因悉闵茶名垂五十年,尊人汶水隐君别裁新制,曲尽旗枪之妙,与俗手迥异。董文敏以"云脚闲勋"颜其堂,家眉翁征士作歌斗之。一时名流如程孟阳、宋比玉诸公皆有吟咏,汶水君几以汤社主风雅。

闵汶水以一杯"闵茶"引领江南文人风雅时尚。周亮工《闽茶曲》之五的诗后自注云:"歙人闵汶水居桃叶渡上,予往品茶其家。见其水火皆自任,以小酒盏酌客,颇极烹饮态。"除了茶的制作和水的选择之外,闵汶水还注重茶具的配置、品饮的方式、茶室的布置等,这些也是"闵茶"成为风雅时尚的重要因素。

董其昌说:"金陵春卿署中,时有以松萝茗相贻者,平平耳。归来山馆得啜尤物,询知为闵汶水所蓄。汶水家在金陵,与余相及,海上之鸥,舞而不下,盖知希为贵,鲜游大人者。昔陆羽以精茗事,为贵人所侮,作《毁茶论》。如汶水者,知其终不作此论矣。"(《容台别集·题跋》卷一)闵汶水并不奔走于达官贵人之门,在董其昌眼里,是一位高蹈不群之士。阮大铖也有《过闵汶水茗饮》诗:"茗隐从知岁月深,幽人斗室即孤岑。微言亦预真长理,小酌聊澄谢客心。静泛青瓷流乳雪,晴敲白石沸潮音。对君殊觉壶觞俗,别有清机转竹林。"(《咏怀堂诗外集》甲部)诗中称许闵汶水的言谈与东晋擅长清言的名士刘惔(字真长)相似,闵老子的茶能使自己像谢灵运那样的狂躁之心平静下来。闵汶水确实有高雅不俗的名士风度。桃叶渡对秦淮佳丽也很有吸引力,杨幽妍、王月等佳丽都喜到闵老子茶馆喝茶,如王月"好茶,善闵老子,虽大风雨、大宴会,必至老子家啜茶数壶始去。所交有当意者,亦期与老子家会"(《陶庵梦忆》卷八《王月生》)。

张岱在写晚明市井艺人时,往往化用《世说新语》中写魏晋名士的情节、语言。《闵老子茶》首先写闵汶水性情之怪:

> 戊寅九月至留都,抵岸,即访闵汶水于桃叶渡。日晡,汶水他出,迟其归,乃婆娑一老。方叙话,遽起曰:"杖忘某所。"又去。余曰:"今日岂可空去?"迟之又久,汶水返,更定矣。睨余曰:"客尚在耶!客在奚为者?"余曰:"慕汶老久,今日不畅饮汶老茶,决不去。"汶水喜,自起当炉。

这个细节源于《世说新语·任诞》记刘遗民:

> 桓车骑在荆州,张玄为侍中,使至江陵,路

经阳岐村，俄见一人持半小笼生鱼，径来造船，云："有鱼，欲寄作脍。"张乃维舟而纳之。问其姓字，称是刘遗民。张素闻其名，大相忻待。刘既知张衔命，问："谢安、王文度并佳不？"张甚欲话言，刘了无停意。既进脍，便去，云："向得此鱼，观君船上当有脍具，是故来耳。"于是便去。张乃追至刘家，为设酒，殊不清旨。张高其人，不得已而饮之。方共对饮，刘便先起，云："今正伐荻，不宜久废。"张亦无以留之。

化用这个情节使闵老子具有魏晋名士的率真洒脱，虽然是市井艺人，其文化品格不俗，这种笔法的运用体现张岱对闵汶水的理解和定位。

四

《陶庵梦忆》是张岱于明亡后回忆故国山河风俗之作，其中有相当数量的篇章由他的早年作品改写而成，《闵老子茶》或即改自《茶史序》。从《茶史序》

可知，在张岱和闵汶水见面之前，闵汶水至绍兴曾去拜访过张岱而不遇。二人以茶订交，闵汶水称张岱"五十年知己，无出客右"，张岱也将闵汶水视为"茶学知己"，与闵汶水"细细论定"自己撰著的论述"茶理之微"的《茶史》，晚年他曾慨叹："金陵闵汶水死后，茶之一道绝矣！"（《与胡季望》）在张岱看来，闵汶水是晚明茶道的代表。张岱与闵汶水订交并成为茶学知己这一细节具有丰富的茶文化内涵，涉及明末茗饮风尚和时代精神。

上文已经述及，松萝茶是晚明时期崛起的名茶，它从采摘到烘焙的制作过程代表晚明时期最先进的炒青工艺，松萝茶流行后，它的制作工艺也迅速在其他产茶区推广。张岱也推崇松萝茶制作工艺，以之改进绍兴的日铸茶，他说："遂募歙人入日铸，扚法、掐法、挪法、撒法、扇法、炒法、焙法、藏法，一如松萝。"张岱把经他改造的日铸雪芽名之为"兰雪茶"，一度在越中茶市热销，遂致"松萝贬声价俯就兰雪"，甚至"徽、歙间松萝亦改名兰雪"（《兰雪茶》），张岱以松萝茶工艺改进日铸雪芽获得了很大的成功。

闵汶水是松萝茶名家,他制作的"闵茶"风行一时,他还用松萝工艺制作岕茶。这是张岱与闵汶水互相视为茶学知己的基础,他们都推崇松萝茶制作工艺,并用松萝工艺制作其他茶种,取得了显著的成功。他们是晚明富有创造精神的茶人,正如张岱称赞闵汶水:"咬山咀土嚼烟霞,不信古人信胸臆。细细钻研七十年,草木有身藏不得。"(《闵汶水茶》)上海图书馆藏清抄本《和陶集》录有张岱和陶诗44首,《和述酒》诗云:"但择向阳地,蚤起在曦晨。茶筐和露采,旗枪为我驯。佐以文武火,雪芽呈其身。揉挪须得候,不倦更不勤。诸法皆云备,一水为其君。"(《张岱诗文集》补遗)这里讲到兰雪茶的种植、采摘、炒青、揉焙及冲泡等工艺,基本上模仿松萝茶的制法。

松萝茶以香气浓郁著称,闵汶水制作的"闵茶"具有浓郁的兰花香气,清代的松萝茶延续了这一特色。闵汶水是如何制作出这种兰花香气的呢?周亮工《闽茶曲(之五)》的诗后自注以福州茶人薛老带着批评的语气道出其中奥秘:"薛常言汶水假他味逼作兰香,究使茶之本色尽失。"(《赖古堂集》卷一一)所谓"假他味逼作兰香"应指用兰花等花朵薰窨。清代徽州茶农在制作松萝茶时也普遍采用兰花薰窨工艺,汪士慎《周石门携太函山茗过小斋烹试,同人赋诗,分得远字》诗云"清品久为先达珍,幽芬岂是熏兰畹",句下有自注云:"新安人以兰熏松萝茗,下品也。"(《巢林集》卷四)张岱也重视制茶中的薰花工艺,他制作的兰雪茶也"杂入茉莉",他晚年给朋友胡季望的信中说:"且吾兄家多建兰、茉藜,香气熏蒸,篆入茶瓶,则素瓷静递,间发花香。"张岱和闵汶水都看重薰花工艺,特别强调茶的花香品质,这是他们视对方为知己的又一基础。

自松萝茶问世后,晚明文人就对它提出了批评。李日华《竹懒茶衡》说:"松萝极精者,方堪入供,亦浓辣有余,甘芳不足,恰如多财贾人,纵复蕴藉,不免作蒜酪气。"(《紫桃轩杂缀》卷一)张大复《饮松萝茶》说:"松萝茶有性而无韵,正不堪与天池作奴,况岕山之良者哉?但初泼时臭之勃勃有香气耳,然茶之佳处故不在香。"(《闻雁斋笔谈》卷二)李日华、张大复都不太看重茶的香气,更看重茶的韵致,文震亨说松萝茶："新安人最重之，两都曲中亦尚此，以易于烹煮且香烈故耳。"（《长物志》卷一二）在晚明文人眼中，松萝茶香气浓烈，容易被大众喜爱，但缺乏幽雅的韵致，它的文化品位更接近于世俗社会。闵汶水在桃叶渡口经营茶业，他制作的"闵茶"走的是大众路线，其浓郁的兰花香气受到大众的追捧，成为一时茗饮风尚。闵老子的茶馆也是明末秦淮河畔复社名士诗酒风流、秦淮八艳高张艳帜之外的又一道风景。闵汶水以松萝工艺制作岕茶，可以视作茶文化中雅俗两种茶艺的融合。陈允衡《花乳斋茶品》称赞"闵茶"说："大抵其色则积雪，其香则幽兰，其味则味外之味，时与二三韵士品题闵氏之茶，其松萝之禅乎！淡远如岕，沉着如六安，醇厚如北源。"（《五石瓠》卷三）张岱的"兰雪茶"与"闵茶"有着相近的品性和品位。

"闵茶"在明末虽声名远播，但并非没有批评声音，上述福州茶人薛老就不认同闵汶水的制茶工艺，周亮工《闽茶曲（之五）》云："歙客秦淮盛自夸，罗囊珍重过仙霞。不知薛老全苏意，造作兰香诮闵家。"此诗中的"苏意"是晚明流行的词语，其意为苏州人所发明的轻薄浮靡的生活时尚，吴从先解释说："焚香煮茗，从来清课，至于今讹曰'苏意'。天下无不焚之煮之，独以意归苏，以苏非着意于此，则以此写意耳。"（《小窗自纪》）薛老认为闵茶的兰香成为晚明茶饮的时尚，但他并不认同闵汶水的茶道，周亮工用"苏意"一词，表明他们的态度。颇能代表明末文人雅士的茶道观点。真正的茶道是陈贞慧《秋兰杂佩》之《庙后茶》的描述："色、香、味三淡，初得口，泊如耳；有间，甘人喉；有间，静人心脾；有间，清人骨。嗟乎！淡者，道也。虽吾邑士大夫家，知此者可屈指焉。"由此可见，晚明的茶艺和茶道也有雅与俗、时尚与本真的形态。

张岱与闵汶水订交，表明张岱在茶艺上也倾向于晚明流行的大众风尚，距真正的茶道尚隔一层，这正体现了张岱及其散文的文化精神。张岱以高超的文字书写为读者描述晚明茶文化的世俗形态与雅致形态如何完美地结合，让即使不晓茶艺的读者也可以从文字中感受茶香和快乐。在张岱身上，处处都有鲜明的世俗气息，雅与俗在他的思想和行事中呈现一种相互包容、相互开放的状态。

清初饮茶的经济学和美学

——《见日铸佳茶不能买嗅之而已》发微

《见日铸佳茶不能买嗅之而已》写于顺治七年（1650），张岱54岁时。上一年九月，张岱从绍兴郊外项里村搬回城里，他的旧居已经易主，他选择卧龙山北麓的快园租住。这个园子里有个水塘，周边的空地可以种菜。此时的张岱，头发都快掉光了，没有了田宅奴仆，身边只有两位瘦如猿猴的小妾操持家务，十几个孩子每天要吃要喝，他的生活非常困窘。这首诗用白描的手法写下张岱人生一个辛酸的片断，它是爱茶人的悲歌，是茶诗中的哀音。

张岱首先回顾自己饮茶、制茶、研茶的经历，他写道：

> 忆余少年时，死心究茶理。辨析入精微，身在水火里。日铸制佳茶，兰雪名以起。烹瀹恐不伦，乃为著《茶史》。遂使身后名，与茶相终始。

古代文人一般都喜欢喝茶，对品茶有几分心得，也会写关于喝茶的诗文。如果用现代的眼光来看，白居易、蔡襄、陆游的茶艺达到了专业茶人的水平。白居易自称"别茶人"；蔡襄创制了小龙团，还写有《茶录》这样的专业茶书；陆游则认为自己是陆羽的传人，死后可以做"茶神"。而张岱也可以算得上明末顶级的专业茶人，他深入钻研制茶工艺，创制风靡一时的兰雪茶，他对泉水水质有高超的分辨能力，他的品茶功夫实在了得，连明末茶艺大师闵汶水都称赞不已。张岱出神入化的茶学造诣来自长期刻苦的钻研，所以他说自己"死心究茶理"，所谓"死心"，就是下苦工夫学习探究。茶的制作和冲泡，是水与火淬炼的过程，张岱深入其中的每一个细节，"身在水火里"写出了痴迷茶艺的状态。绍兴是江南著名的茶乡，日铸茶在宋代就号称江南第一茶，与双井、顾渚茶同为草茶中的翘楚。到了晚明时期，徽州的松萝茶崛起，日铸茶的声名已趋黯淡，张岱借鉴松萝茶的制作工艺来制作日铸茶的茶叶，创制了兰雪茶，兰雪茶在明末非常走俏，一度把松萝茶的风头都抢了。张岱还把自己的研茶心得撰成《茶史》，他希望将自己的名字留在中国的茶史上。虽然编撰的《茶史》已经散佚，但张岱确实是可以写进中国茶史的人物。

如此钟情于茶且造诣精湛的茶人的日常生活是离不开茶的，明亡前张岱确实每天都有自己的茶时光和茶空间，然而命运却跟他开了一个黑色的玩笑，且看他转入当下状态的描述：

> 今经丧乱余，断饮已四祀。庚寅三月间，不图复见此。瀹水辨枪旗，色香一何似。盈斤索千钱，囊涩止空纸。转展更踌躅，攘臂走阶址。意殊不能割，嗅之而已矣。

张岱的流亡生涯应该是从顺治三年（1646）六月清军攻陷绍兴开始，到写此诗的顺治七年三月，已经是四个年头了。山河易主,天崩地解,也改变了张岱的生活状态。鲁王在绍兴监国前后,张岱积极奔走,变卖家产组织义军,是一位活跃而坚定的抗清志士,这也注定了绍兴失陷后他的生活状态。他先后在绍兴周边的越王峥、嵊县西白山和项里村避难,度过了艰辛的山居岁月。顺治六年(1649)九月才由郊外迁回城里,此时他已一无所有,经常面临无米下锅的窘迫。茶在明末清初的日常消费中算是奢侈品,张岱这次看到的上好日铸茶的价格不菲,"盈斤索千钱",即一斤茶叶须一贯铜钱,清初一贯铜钱折银一两。据叶梦珠《阅世编》卷七《食货》关于江南日常生活用品价格的记录:"徽茶之托名松萝者,于诸茶中犹称佳品,顺治初,每斤价一两,后减至八钱,五六钱,今上好者不过二三钱。"张岱见到的日铸茶价格与松萝茶大致相当,诗中所写当为实录。而在顺治七年前后,《阅世编》记录大米价格如下:"六年己丑,大熟,糯米每石价止一两二钱,川珠米每石银九钱。七年,二月,白米每石价一两。九月,新米价至二两,糯米一两八钱,白米二两五钱。"此时一两银子可以买白米一石,大约是现在的50公斤。在温饱都成问题的状态下,一斤茶叶和一百斤大米,孰轻孰重根本不需要选择。由此我们可以理解清初嗜茶的诗人吴嘉纪生活贫困,他所需的松萝茶要仰仗徽州朋友的馈赠,在那个时代,长期供应一位嗜茶如命且苦吟不辍的诗人茶叶是一笔不小的开销。"转展更筹蹰,攘臂走阶址"写出爱茶人面对与自己创制的兰雪茶品相相似的好茶而又无力购买的痛苦、惆怅和不甘,几次想走开但还是割舍不下,只能嗅一嗅这春茶的香气了。这对于喝过无数佳茗的张宗子来说,又是多少的辛酸、痛楚!

接下来是张岱所发的感慨:

> 嗟余家已亡,虽生亦如死。前身爱清华,事事求其美。今乃对佳茶,见猎又心喜。象箸而玉杯,长此安穷已?学取蔡君谟,此心不得侈。

鲁王政权昙花一现,张岱由殷实的士绅堕落为城市贫民,因为没有田地,连户籍都没有,生活状态一落千丈。晚明时代江南的社会风气养成了张岱在物质生活上追求精美的习性，从《陶庵梦忆》中那些谈美食的文章可以看出张岱的饮食偏好。张岱年轻时接触的一些江南士绅和家族姻亲都以奢侈豪纵著称，如范长白、包涵所、朱石门及张岱的祖父、叔父们，张岱不反对豪纵，甚至有几分欣赏，如他带着称赞的语气评论包应登（字涵所）在杭州西湖的豪奢生活："穷奢极欲，老于西湖者二十年。金谷、郿坞，着一毫寒俭不得，索性繁华到底，亦杭州人所谓'左右是左右'也。"张岱对某种自己中意的食品或某些自己喜爱的餐具追求极致的美感，这种行为可以体现主人的生活品位和个性，好似晚明东南那些著名的家班一样，各具特色。对于张岱来说，由前期的精美豪华跌落至衣食不继，在他的思想里有一个接受、理解的过程。在流亡及入城的一段时间，他一方面以陶渊明式的贫士自励，一方面以佛家的因果思想化解心中的悬空感，他写过《丙戌避兵剡中山居受用曰毋忘槛车》《今昔歌》组诗，诗中反复申说今昔生活的巨大反差。《陶庵梦忆》的写作也始于流亡时期，他在自序中说："因思昔人生长王谢，颇事豪华，今日罹此果报……种种罪案，从种种果报中见之。"

这首诗最后的感慨比较平实理性，表明此时的张岱已经能够认清并接受现状。他袒露了真实的心声，有过半生享受精美食物体验的他，虽然已安于贫士生涯，但看到好茶，仍然唤起他齿舌间美好的回忆，让他不能自已。他知道如果还留恋这些奢侈的享受，又怎能忍耐日常的贫乏和困窘？他要像蔡襄那样，晚年不能喝茶了，就经常去嗅一嗅茶。蔡襄是宋代文人中的顶级茶人，创制小龙团，他撰写的《茶录》体现了宋代茶艺和茶美学达到的高度。蔡襄有惊人的分辨茶质的能力，在北宋士林中传为佳话。苏轼说："蔡君谟老病不能饮，则烹而玩之。"当因身体的原因不能饮茶时，只能观其色，嗅其香了。君谟嗅茶这一细节表明雅士对美好事物的尊重和欣赏。张岱在明亡前追求生活精致华美，作为慧心文人，他充分理解蔡襄嗅茶的美学内涵。张岱在诗文中经常使用君谟嗅茶的典故，表明自己的人生态度和审美眼光，如《南村诗》之《环山楼》："滁山有醉翁，看山如饮酒。余似蔡君谟，嗅茶不用口。"此处意谓自己像蔡君谟那样能够领会园林中楼阁安置的巧妙。晚明文人对于享用精雅之物的态度极为严谨，李日华说："精茶不惟不宜泼饭，更不宜沃醉。以醉则燥渴，将灭裂吾上味耳。精茶岂止当为俗客吝，倘是日汨汨尘务，无好意绪，即烹就，宁俟冷以灌兰蕙，断不以俗肠污吾茗君也。"享用精品而不得其人其时，"谓之殄天物，与弃于沟渠不殊也"。（《紫桃轩杂缀》卷一）张岱所用的君谟嗅茶与李日华的观点庶几相近。张岱最欣赏明末秦淮名妓王月，在张岱眼里，王月"寒淡如孤梅冷月，含冰傲霜"（《王月生》），他赞叹道："一往深情可奈何，解人不得多流视。余唯对之敬畏生，君谟嗅茶得其旨。"（《曲中妓王月生》）

君谟嗅茶在此诗中还有另外一层意思，即以俭约的方式欣赏把玩美好之物。俭约是中国古代茶道的核心理念，从杜育《荈赋》到陆羽《茶经》都将俭约视为茶道的灵魂，在日常饮茶活动中贯穿修身之道。经历过晚明的繁华之后，回归茶道。艺术的极致就是返璞归真。

一座最懂昆曲的城市
——读《虎丘中秋夜》

晚明时代的江南地区,商业发达,城市繁华,市民的休闲娱乐活动十分丰富。被后人称为都市诗人的张岱长期游历于江南各大都市之间,用他绝妙的文字给这些城市留下生动传神的速写,每一座城市都有自己的特色和个性,历经三百多年,这些文字读来仍然鲜活生动,晚明江南城市的气息扑面而来。读《虎丘中秋夜》,让我们感叹,昆曲的根在苏州,最懂昆曲的城市,还是苏州。

一

苏州自古就是富庶繁华之地,明代中叶以来,丝织业繁兴、商贸发达，带动了苏州休闲娱乐行业的发展，从唐寅《阊门即事》诗所写"翠袖三千楼上下，黄金百万水西东。五更市买何曾绝？四远方言总不同"，可以想见明中叶苏州的风貌。到了晚明时期，苏州的城市生活更趋繁华，苏州市民的日常生活更加精致讲究。苏州人衣食住行的某种方式流行之后，很快就会引领全国的消费时尚。张岱在《又与毅孺八弟》信中说："且吾浙人，极无主见，苏人所尚，极力摹仿。如一巾帻，忽高忽低；如一袍袖，忽大忽小。苏人巾高袖大，浙人效之，俗尚未遍，而苏人巾又变低，袖又变小矣。故苏人常笑吾浙人为赶不着。"这里讲到了服饰的流行式样，苏州人不断地变换，相邻的浙江人总是赶不上苏州人的节奏。

晚明时期苏州人引领时尚的雅致生活方式被称为"苏意"。苏州人通过焚香煮茗、造园听曲等活动表达一种生活情调，这可以理解为在物质富裕之后追求生活的艺术化，在日常的衣食住行中追求审美愉悦。王士性《广志绎》卷二说：

姑苏人聪慧好古，亦善仿古法，为之书画之临摹，鼎彝之冶淬，能令真赝不辨。又善操海内上下进退之权，苏人以为雅者，则四方随而雅之，俗者，则随而俗之，其赏识品第本精，故物莫能违。又如斋头清玩、几案、床榻，近皆以紫檀、花梨为尚，尚古朴不尚雕镂，即物有雕镂，亦皆商、周、秦、汉之式，海内僻远皆效尤之。此亦嘉、隆、万三朝为始盛。至于寸竹片石摩弄成物，动辄千文百缗，如陆子匡之玉，马小官之扇，赵良璧之锻，得者竞赛，咸不论钱，几成物妖，亦为俗蠹。

张岱在《吴中绝技》中也盛赞陆子冈等苏州工艺大师，他认为："但其良工苦心，亦技艺之能事。至其厚薄深浅，浓淡疏密，适与后世赏鉴家之心力、目力针芥相对，是岂工匠之所能办乎？盖技也而进乎道矣。"这些苏州工艺大师的作品已经超越了工匠的境界，合于艺术之道，可以与诗文书画相提并论。

在晚明苏州人闲雅的生活情调中，欣赏昆曲是相当重要的内容。苏州是昆曲的发源地，嘉靖年间昆山腔经过魏良辅的改造,成为一种缠绵婉转的传奇唱腔,以精细规范的艺术水准风靡天下。苏州人也对昆曲投入了极大的热情,不少士绅家里都有昆曲戏班,整个城市听曲赏曲的风气颇为浓厚。张岱精通戏曲艺术,在编撰剧本、指导家班等方面造诣不凡,尤其专精于戏曲赏鉴。那些唱戏的伎僮到张岱的府上表演被称为"过剑门",他们必须严肃对待,拿出全身的本领,因为主人眼光挑剔,稍有不慎就被挑出毛病。张岱还喜欢到城市街头和乡村广场观赏戏曲演出,这使他成为一位接地气的戏曲鉴赏家。

二

虎丘在苏州阊门外山塘街,这里既有众多的名胜古迹,又具备水陆交通的便利条件,因此明清时期虎丘成为苏州市民休闲娱乐首选的场所。清初诗人徐崧《八月十四日同周子洁诸君登虎丘遇秦以新尤久之赠公》诗描绘了中秋时节虎丘的盛况:"笑语喧阗一虎丘,那容隙地可淹留?楼台易掩青山面,木叶难开皎月秋。

唱拍终宵无刻断,乡关万里有人游。当阶杂坐因何事?不至更深不肯休。"(《百城烟水》卷一)此诗可与袁宏道、张岱的散文对读。

张岱的《虎丘中秋夜》与袁宏道的《虎丘》在结构和文字上有明显的相似之处。张宗子喜爱袁中郎的文字,有时在文中引用,有时直接化用。如《葑门荷宕》引用袁中郎《荷花荡》描绘农历六月二十四荷花荡的热闹场面的文字:"其男女之杂,灿烂之景,不可名状。大约露帏则千花竞笑,举袂则乱云出峡,挥扇则星流月映,闻歌则雷辊涛趋。"饶是张岱善于状写热闹集会,有袁中郎文字在前,似乎感到无法超越,于是引入文中。而《虎丘中秋夜》是对袁中郎的《虎丘》的改写,在改写中翻出了新意。袁宏道的《虎丘》在描绘虎丘游人之盛和听曲的过程之后,又用较多的文字交待自己游览虎丘的经历和感受。这篇文章是中郎辞去吴县县令不久写的,他所发出的"山川兴废,信有时哉"的感叹和"乌纱之横,皂吏之俗"的感受都与担任吴县县令的身份有关,因而,他希望"他日去官,有不听曲此石上者,如月",表达了摆脱官场事务的轻松和个人的情趣。袁宏道的《虎丘》，虽然也写了群众集会及听曲的场面，但文章的重心乃在于个人情调的书写，虎丘的热闹喧阗不过是表达个人情调的背景。张岱擅长描写晚明江南城市盛大的市民娱乐场面，他笔下的扬州清明、西湖七月半、绍兴市民求雨等场面热烈奔放，让后世的读者神往不已。如果说，扬州清明的主题是踏青，西湖七月半的主题是看月，那么虎丘中秋的主题则是听曲。张岱在袁宏道《虎丘》前两段的文本上踵事增华，进行适当的渲染修饰，从表达效果来看，张岱的《虎丘中秋夜》较为生动细致，文字更精彩好看。

张岱《虎丘中秋夜》开篇对中秋这天来虎丘娱乐的人群的介绍比袁宏道《虎丘》更详细，袁中郎说"每至是日，倾城阖户，连臂而至，衣冠士女，下迨蔀屋，莫不靓妆丽服，重茵累席，置酒交衢间"。张宗子则这样写：

> 虎丘八月半，土著流寓、士夫眷属、女乐声伎、曲中名妓戏婆、民间少妇好女、崽子孪童，及游

冶恶少、清客帮闲、傒僮走空之辈，无不鳞集。

密集地罗列人物的身份，突显声伎与游冶的特色，为下文听曲的描写烘托气氛。对于虎丘中秋夜市民聚集的场面，张岱直接化用袁宏道"如雁落平沙，霞铺江上"进行描绘，这两个比喻已足够鲜明和灿烂。

下文展开虎丘中秋夜听曲的描写，张岱沿用袁宏道以时间延伸为线索的写法，从八月十五入夜写到夜深，虎丘唱曲的规模和水平也呈现五级变化。袁、张二文对读，便会发现张岱写得更为细致，更为专业。袁中郎把虎丘中秋夜的戏曲表演分成四个阶段，他的昆曲修养显然不如张宗子专业，对于夜深后高水平的昆曲演唱的效果，他用"听者魂销""飞鸟为之徘徊，壮士听而下泪"来形容，略显空虚浮泛。张岱把时间分成"天暝月上""更定""更深""二鼓人静""三鼓"五个阶段，第一阶段是北方的锣鼓唱主角。第二阶段以昆曲中的合唱大曲为主。第三阶段是大家争相表演，南曲北曲轮番上台。第四阶段只剩下三四个人依次演唱，只用洞箫伴奏。第五阶段只有一个人登台清唱，这时只剩下百十个人了，听者被他高超的演唱所折服。文章于此处戛然而止，余音却萦绕于读者的耳畔心间。

三

张岱在描写虎丘中秋夜昆曲及其他声腔演唱的盛况时，也注意到听众的态度和批评。前两阶段声音过于嘈杂，无法进行赏鉴批评。从第三阶段开始，演唱的水准提高了，相关的评判也出现了，先是"听者方辨字句，藻鉴随之"，听众的反应还是很迅速的，这当然要有广泛深厚的赏鉴经验作为基础。到了最后只有一个人清唱时，"不箫不拍，声出如丝，裂石穿云，串度抑扬，一字一刻"，听者的表现则为"寻入针芥，心血为枯，不敢击节，惟有点头"。这种无声的点头是最高级别的赏鉴，歌者与听者的精神在此处交汇碰撞。张岱接着又写道："然此时雁比而坐者，犹存百十焉。使非苏州，焉讨识者！"苏州是昆曲的发源地，苏州人喜欢听昆曲又相当挑剔，他们的赏鉴水平不能小觑。即使是阳春白雪级别的昆曲清唱，还能有百十人懂得欣赏。如果不是在苏州,到哪里去找这么多的赏鉴者?简练的感叹中包含着张岱的惊讶、赞许和喜悦。"识者"也成为《虎丘中秋夜》的文眼所在,从虎丘中秋夜的唱曲听曲推及文学艺术的理解赏鉴问题。

晚明是昆曲传奇的黄金时期,不仅涌现了一批经典的作品,表演技艺也有长足的提高。昆山腔唱腔以水磨式的精细著称,配以优美的身段、控制节奏的拍板和箫笛为主的伴奏,使中国古代戏曲表演技艺趋于成熟。高超的表演技艺与观众的赏鉴水平密不可分,没有观众挑剔较真的眼光,就不可能有舞台上精彩绝伦的表演。侯方域《马伶传》所记述的南京的戏台上两个戏班同时上演《鸣凤记》,当演至两相国论河套时,"坐客乃西顾而叹,或大呼命酒,或移坐更近之,首不复东",正是观众的挑剔激发马伶远走京师充当顾秉谦的门卒,刻苦揣摩,终于在舞台上压倒李伶。张岱《严助庙》写绍兴乡村元宵节演戏的情形:

> 且夜夜在庙演剧,梨园必倩越中上三班,或

> 雇自武林者,缠头日数万钱。唱《伯喈》《荆钗》,一老者坐台下,对院本,一字脱落,群起噪之,又开场重做。越中有"全伯喈""全荆钗"之名起此。

观众的苛刻和较真,提高了戏班的表演水平和知名度。虎丘中秋夜的昆曲清唱,"声出如丝,裂石穿云,串度抑扬,一字一刻",充分展现昆曲水磨腔的委婉和精细,听众也并不轻松,"寻入针芥,心血为枯,不敢击节,唯有点头",每一个细微处都不放过,心思高度集中,只有这样才能充分领略清唱的细致精妙。张岱深谙艺术欣赏之甘苦,寥寥数语,点出艺术欣赏的最高境界。

张岱是文学家和艺术家,创作经验丰富,他更是一位赏鉴家,非常重视对文学艺术作品的赏鉴评论,他认为:"诗文一道,作之者固难,识之者尤不易也。干将之铸剑于冶,与张华之辨剑于斗,雷焕之出剑于狱,识者之精神,实高出于作者之上。"(《一卷冰雪文序》)"识者"要有深厚的文艺修养、敏锐的艺术感觉和高超的辨析能力，识者的精神需高出于作者之上，这一判断是有几分道理的。张岱举如下一例以说明识者之精神："苏长公曰：'子由近作《栖贤僧堂记》，读之惨凉，觉崩崖飞瀑，逼人寒栗。'噫！此岂可与俗人道哉？笔墨之中，崖瀑何从来哉？"苏轼从苏辙的文字中读出了悬崖飞瀑式的寒凉，这缘于他高超的艺术感觉，这样的理解和评论，要打破文学艺术形式的界限，在各种文学艺术形式和人的感官世界里自由穿梭，得大自在。正如张岱《曲中妓王月生》诗末的感叹："但以佳茗比佳人，自古何人见及此？犹言书法在江声，闻者喷饭满其几。"

其实，"识者"的敏妙不仅限于文学艺术领域，可以扩展到自然山川，社会人生，世间万事万物皆须"识者"的理解和发现。杭州西湖，晚明时期是繁华热闹的游览胜地，在张岱看来，要真正理解领略西湖的性情和风味并不容易，他游览西湖的攻略，是避热就冷，避喧就寂，提倡在冬季、夜晚、雨雪天游西湖，他强调："深情领略，是在解人。""解人"与"识者"内涵相近。张岱的朋友秦一生，就是一位人生的"解人"和"识者"，他喜爱山水声伎,并不自己备办,而是去观赏别人家的园亭和戏曲表演。张岱评论说:"而一生以局外之人,闲情冷眼,领略其趣味,必酣足而归。则是他人之园亭,一生之别业也;他人之声伎,一生之家乐也;他人之供应奔走,一生之臧获奴隶也。"(《祭秦一生文》)张岱的身份,和秦一生有相似之处,对于晚明社会,他也像秦一生那样以自己的闲情冷眼,充分领略其趣味。秦一生没有留下任何文字记述他的收获,而张岱给自己也给世人留下了精彩的文字,他作为"识者"或"解人"的观感和意见都在那些鲜活的文字中。每一个人,都要做山水的"解人",人生的"识者"。

空间的诗意和园亭记的章法
——《于园》细读

《于园》是一篇园亭记,体现了张岱的园林美学思想,文章结构和表达方式带有鲜明的张岱个人风格,给读者留下深刻的印象。

一

明末的扬州是一个繁华的都市,张岱《扬州瘦马》《二十桥风月》等有精彩的描写。在这个时期,扬州的造园技艺也代表国内最高水平,计成、张涟这两位园林大师都曾居留扬州,主持扬州园林的建造,计成还在他设计兴造的寤园中写出园林学巨著《园冶》。不少留心园林的外地人在扬州学习了园林技艺,如张岱的五叔张炯芳,张岱说:"五雪叔归自广陵,一肚皮园亭,于此小试。"(《巘花阁》)可见扬州也是当时园林技艺的交流、养成之地,这种优势一直延续到清代中期。《扬州画舫录》记时人刘大观之言:"杭州以湖山胜,苏州以市肆胜,扬州以园亭胜。三者鼎峙,不可轩轾。"李斗评为"洵至论也"。那时扬州园林比苏州园林更有优势。

张岱的二叔张尔葆于崇祯末年任扬州府同知,督理船政,官署在瓜州,在他任职期间,张岱曾到瓜州居留。《焦山》一文开篇说:"仲叔守瓜州,余借住于园,无事辄登金山寺。"张岱在于园里住过一段时间,他对于园非常熟悉,和草草游览一次的了解有深浅之别。于园因主人之姓而得名,在明末清初名声甚著,不少文人雅士都来游赏。王渔洋《瓜洲于园》诗云:"于家园子俯江滨,巧石回廊结构新。竹木已残鱼鸟尽,一池春水绿怜人。"可知于园位于瓜州江边,内有水池竹木,假山回廊,以结构新巧著称。

《于园》开篇交待于园的位置和得名,和文人的园林如拙政园、影园、休园等相比,以主人姓氏作为园林之名显得质直无文,张岱特别写出:"非显者刺,则门钥不得出。葆生叔同知瓜州,携余往,主人处处款之。"于园的主人是富商,脑中充满等级和势利观念,游览于园是有门槛的。此时张岱的二叔管理船政漕运,手握实权,主人的盛情款待显出了商人趋利的本性。从这两句来看,张岱对主人并无好感,语句中的嘲讽也十分明显。在这样的态度之下,我们要仔细体会张岱对于园的描绘和评价。

张岱写于园,下了一句判语:"园中无他奇,奇在磊石。"这样的句子很有老吏断狱的味道。然后分别写于园磊石的"以实奇""以空奇""以幽阴深邃奇",据张岱的描绘,厅堂前的石坡应为用土石磊砌筑就。厅后水池中的假山纯用石头堆叠而成,有台阶可以上下。石头中也应该有太湖石,通过巧妙的叠砌形成不少孔洞,因而才显得空灵。卧房槛外的一壑应为包含山洞的山坡,形成螺旋形的缠绕状,让人产生幽邃阴森的感觉。张岱最欣赏于园小河上艇状水阁,"四围灌木蒙丛,禽鸟啾唧,如深山茂林。坐其中,颓然碧窈"。张岱喜爱大树笼罩形成的绿荫,他曾改造曾祖父讲学之地"不二斋"作为自己的书房,"高梧三丈,翠樾千重……后窗墙高于槛,方竹数竿,潇潇洒洒",坐在房中,"绿暗侵纱,照面成碧"。(《不二斋》)南门外天镜园冶凫堂"高槐深竹,樾暗千层……余读书其中,扑面临头,受用一绿,幽窗开卷,字俱碧鲜"(《天镜园》)。南京燕子矶边的僧院,"大枫数株,翕以他树,森森冷绿",张岱认为"小楼痴对,便可十年面壁",但"今僧寮佛阁,故故背之,其心何忍"。(《燕子矶》)由此可见张岱极为重视大树绿荫对房屋光线的影响,于园中的水阁符合张岱的标准和趣味。

下文张岱又提到仪真汪园,应为汪士衡的寤园,这是计成主持修造的园林,张岱也去游览过,他对寤园中花巨资叠砌的飞来峰并不认可,评以"阴翳泥泞,供人唾骂"八字,仅从这八字可知,在张岱的眼里,飞来峰光线阴暗,土与石的比例也没有安排好。张岱欣赏被丢弃在地下的一块扁肥形的白石和瘦长形的黑石,二石组合,颜色、形态形成了对比和呼应的关系,简约而有淡远的韵致,体现了张岱空间审美趣味。他说过:"竹石间意,在以淡远取之。"(《山艇子》)

对于山水画,他认为萧疏简淡的笔法胜过细致繁复的工笔细描,其《火德祠》诗说:"数笔倪云林,居然胜荆夏。刻画非不工,淡远长声价。"

二

在描绘介绍于园碌石叠石的奇巧之后,张岱展开话题并作论断:"瓜州诸园亭,俱以假山显,胎于石,娠于碌石之手,男女于琢磨搜剔之主人,至于园可无憾矣。"以人的交合受孕过程来比拟假石的形成,文思可谓尖新。

李斗《扬州画舫录》卷二说:"扬州以名园胜,名园以垒石胜。余氏万石园出道济手,至今称胜迹。次之张南垣所垒白沙翠竹江村石壁,皆传诵一时。"扬州位于长江北岸,地势平旷,缺少自然的山峦。扬州园林以叠砌假山著称,在某种程度是对自然条件的补偿。计成主张叠山要"深意画图,余情丘壑",达到"山林意味深求,花木情缘易逗"之效果。堆叠假山是建构园林最为费钱的项目,在明末,古石名石已价格不菲，再加上开采、运输艰难，主人没有雄厚的财力根本无法备办。计成《园冶》曾举过一个例子："予闻一石名'百米峰'，询之费百米所得，故名。今欲易百米，再盘百米，复名'二百米峰'也。"明末扬州已聚集了不少徽州商人，私家园林假山的材质、规模和艺术水准也代表了主人的经济实力。作为深解园林艺术的文人，张岱一语道出明末扬州园林的特点，他的艺术品赏眼光果然老到。

张岱的家族自高祖张天复开始修造园亭，绍兴乃山水之区，千岩万壑，水流纵横。城内也有卧龙山、蕺山、怪山等名胜，张家的状元台门在卧龙山南麓，张家的不少园亭都是依着卧龙山的地形建造的。绍兴的这种地形地貌与扬州有较大的差别，扬州有水无山，绍兴山水俱足，所以绍兴园林设计的重心是如何充分突显自然山水的优势，也即选择适当的位置建造亭台楼阁，使之成为最佳的观景点，发挥借景的功能。在张岱眼里，他的高祖张天复修造的筠芝亭可称园亭的典范，他写道："筠芝亭，浑朴一亭耳。然而亭之事尽，筠芝亭一山之事亦尽……亭前后，太仆公手植树皆合抱，清樾轻岚，瀚瀚翳翳，如在秋水。亭前石台，蹴取亭中之景物而先得之。升高眺远，眼界光明。敬亭诸山，箕踞麓下；溪壑萦回，水出松叶之上。"既使石台下的一棵老松，由于"不垣不台"，使得"松意尤畅"。（《筠芝亭》）筠芝亭是建于卧龙山西南麓山腰的一个亭子，这个亭子犹如卧龙山的眼睛，远近景色尽收眼底，是绝佳的观景休憩之地。筠芝亭松峡下的巘花阁，"阁不槛不牖，地不楼不台，意政不尽也"。张炯芳把他在扬州学来的造园之法于此小试，修造亭台楼阁、走廊、栈道等，结果"未免伤板、伤实、伤排挤，意反局蹐，若石窟书砚"，（《巘花阁》）把原来浑朴的意境破坏了。张岱称赞杭州西湖火德祠内的道士精庐建造绝佳，其"窗棂门楔，凡见湖者，皆为一幅图画。小则斗方，长则单条，阔则横披，纵则手卷，移步换影"，此精庐把借景发挥到极致，它本身的建筑并不重要，重要的是从它任何一个角度来欣赏西湖的湖光山色皆如一幅画卷，似"水墨丹青，淡描浓抹，无所不有"。（《火德庙》）注重山水的天然形态，强调建筑物的选址应该能够最大限度地观赏外在的自然山水，反对过多的人工建筑，这是张岱园林美学思想的核心内容，也就是他所说的思致文理。他评价邹迪光的园林："愚公文人，其园亭实有思致文理者为之，礧石为垣，编柴为户，堂不层不庑，树不配不行。"(《愚公谷》)细节处显出天然去雕饰的趣味。

从张岱的园林美学眼光来看，扬州园林的礧石叠山技艺并不高明，看惯了真山真水的眼睛对于人工叠砌出来的假山并不十分欣赏。园林是综合艺术，可称道之处甚多，由此，我们可以读出"园中无他奇，奇在礧石"这一句的皮里阳秋，褒贬之意俱在，张岱深得史家笔法。于园的假山呈现实、空、幽阴深邃不同的风格，达到叠山技艺的高峰，张岱也给予充分的肯定。而寤园的飞来峰花费巨资却一无可取，令人叹惜，以此作为于园的映衬，说明于园的假山也应该付出了昂贵的代价，所得效果也比寤园好。而高妙的境界只需两块弃石足矣，所以无论是汪园还是于园，用于假山的巨资都是没有价值的，园林之美在彼不在此。清代沈复的园林审美趣味与张岱相投，他欣赏天然之美，注重"山林本相"，他评论苏州城中的狮子林说："其在城中最著名之狮子林,虽曰云林手笔,且石质玲珑,中多古木,然以大势观之,竟同乱堆煤渣,积以苔藓,穿以蚁穴,全无山林气势。以余管窥所及,不知其妙。"(《浮生六记·浪游记快》)作为一位画家,沈复喜从高处、远处观赏风景,真山真水具备横看成岭侧成峰的风韵,而假山却没有这个优势。张岱也喜从高处、远处观赏山水,他说过:"余爱眼界宽,大地收隙罅。"(《火德祠》)

三

《于园》描绘扬州园林中礓石叠山艺术,体现了张岱的园林美学思想和趣味,文章也写得跌宕起伏,文字简练尖新,在古代园亭记中洵属上品,值得我们研究和借鉴。

园亭记是随着园林兴起而出现的题材,它与山水记有密切的关联,但也存在较大的差异。用文字来描述空间方位是比较困难的,如果详细地说明园林内部的空间布局和特色,文字会变得繁琐,读者也一头雾水。

高明的作者往往从总体上把握园林的特色并加以描述，避开琐细的空间位置的说明和介绍。

明末士绅热衷于修造园林，园亭记的写作也很繁盛，出现了《越中园亭记》《寓山注》等专题性园亭记，单篇作品的数量更为可观。竟陵派作家园亭记成就较高，如钟惺的《梅花墅记》、谭元春的《初游乌龙潭记》等。刘侗、于奕正《帝京景物略》之《白石庄》介绍白石庄的特色时，用"庄所取韵皆柳"一句总括，然后从时空两个方面展开描绘，关于白石庄景点的布置，作者每介绍完一部分，分别用"立柳中""柳环之""柳又环之""又柳也"这样的短句作结，柳的反复出现，强化了白石庄以柳取韵的特色。作者描写四季柳树颜色和声音的变化："春，黄浅而芽，绿浅而眉，深而眼。春老，絮而白。夏，丝迢迢以风，阴隆隆以日。秋，叶黄而落，而坠条当当，而霜柯鸣于树。"句式短小，文字凝练，形成一种生涩而耐人回味的效果。

张岱的园亭记受到竟陵派作家的影响，有时他会直接使用竟陵派作家的句式。《于园》也是着力写于园最突出的特色，指出它"奇在磊石"，然后分三层来描绘奇的具体表现,突出于园假山"以实奇""以空奇""以幽阴深邃奇",并在此基础上总结发挥,以汪园假山作为映衬,表明自己的观点,文思较《白石庄》更为灵转多变。在写作上,张岱善于借鉴他人之长又加以创新提高。

读《于园》,张岱说假山形成:"胎于石,娠于磈石之手,男女于琢磨搜剔之主人。"既尖新,又隽永,把假山的创作比拟为男女交合受孕的过程,有点出人意表,细思又贴切传神。张岱散文中每有这种尖新的表达,如《湖心亭看雪》"湖上影子,惟长堤一痕,湖心亭一点,与余舟一芥,舟中人两三粒而已",量词的使用,给人留下深刻的印象,它的效果正像徐渭所论"如冷水浇背,陡然一惊"(《答许口北》),以文思和语言的尖新,产生惊艳和震撼的效果。修辞上,多用连类而及的通感手法,把抽象的道理比喻为生动可感的形象。在《于园》中,张岱以男女交合受孕过程比拟假山的磊叠,以俗比雅,文字之中充满张力,蕴含着张岱的戏谑和嘲讽,后文他更描绘汪园的弃石:"余见其弃地下一白石,高一丈,阔二丈而痴,痴妙;

一黑石，阔八尺，高丈五而瘦，瘦妙。"痴一般指人的性情，瘦则指人的形体特征，张岱此处移来写石，也是运用连类而及的修辞手法。陈从周先生评论："痴妙，瘦妙，张岱以痴字、瘦字品石，盖寓情在石。清龚自珍品人用清丑一辞，移以品石极善。广州园林新点黄蜡石，甚顽。指出顽字，可补张岱二妙之不足。"（《续说园》）"寓情在石"指出了张岱表达的妙谛所在，把感情寄托于石上，人与石之间才能交流和对话，于此亦可见张岱高超的赏石情趣。

市井艺人的诗意
——《柳敬亭说书》的文化形态探析

柳敬亭是明末清初的说书艺人,他技艺高超,尤其在明末曾为左良玉的幕客,经历了南明朝内部各方势力之间的斗争和弘光朝政权的崩溃。孔尚任《桃花扇》以复社公子听柳敬亭说书开篇,又以柳敬亭等三人的《秣陵秋》弹唱结束,写尽苍凉沉痛的兴亡之感。柳敬亭是清初文士津津乐道的艺人,他的说书艺术和人生经历与明清易代有着密切的关联。清初出现了相当可观的以柳敬亭说书为题材的诗文作品。

一

吴伟业《柳敬亭传》是一篇内容详尽又有所寄托

的传记,记述了柳敬亭的学艺过程,又刻画柳敬亭的性格,还以较大的篇幅叙述柳敬亭在左良玉军中为幕客受宠的情形及搭救左良玉部将陈秀的细节。在吴伟业眼里,柳敬亭是一位鲁仲连那样为人排难解纷的纵横之士,精湛的说书技艺只是他表面的形象,而他的为人处世和政治眼光都有可称道处。梅村写柳敬亭的性格和处世之道:"其处已也,虽甚卑贱,必折节下之;即通显,敖弄无所诎。与人谈,初不甚谐谑,徐举一往事相酬答,澹辞雅对,一坐倾靡。诸公以此重之,亦不尽以其技强也。"尊重布衣,傲视权贵,对答得体,这应该是文化修养较高的处士的品格。柳敬亭在调停左良玉和马士英、阮大铖的关系时,意识到阮大铖对左良玉敏感的防范意识,弘光朝已危如累卵,"后果如其虑焉"。营救陈秀的过程表明柳敬亭"善用权谲,为人排难解纷率类此"。明亡后重操旧业,"每被酒,尝为人说故宁南时事,则唏嘘洒泣"。梅村给柳敬亭的形象增添了鲁仲连式的内涵,尽力写出动荡时代纵横之士的面目,这样的处理包含了丰富的、难以直接言说的意蕴。从全文看来,吴伟业的《柳敬亭传》显得有些冗长枝蔓,不够精练,没有完全处理好说书艺人和纵横之士的内在矛盾,二者并未在柳敬亭的形象里统一。褚人获《坚瓠秘集》卷五《柳敬亭》云:

> 泰兴柳敬亭以说平话擅名,吴梅村先生为之立传。顺治初,马进宝镇海上,招致署中。一日侍饭,马饭中有鼠矢,怒甚,取置案上,俟饭毕,欲穷治膳夫。进宝残忍酷虐,杀人如戏,柳悯之,乘间取鼠矢啖之,曰:"是黑米也。"进宝既失其矢,遂已其事。柳之宅心仁厚,为人排难解纷,率类如此。

柳敬亭以他的机智化解暴虐将领的怒气,解救有过失的下属,应该出自他的仁慈之心,不必将他提高到"国士"的行列。柳敬亭的经历很容易让人把他与弘光朝的灭亡联系起来,清初遗民周容在《杂忆七传》之《柳敬亭》的文末说:

> 敬亭于崇祯间客左帅幕下,左昵之。每以微

言乞人死。故至今言及左,辄泫然白其心迹。特以左帅拥数十万师,称孤三楚,傅鞲厨下皆金紫,一燕费牛羊豕畜骨可京观。似此物力且专,予不知当日听敬亭说及壮缪、李、郭、鄂蕲二王时,中心有动否也。敬亭则可谓无负左帅云。

前文写柳敬亭说书技艺之高超,而文末提及柳敬亭曾为左良玉幕客的话题,闲闲引出忠义二字,满是弦外之音,尽在言语之外。

黄宗羲读了吴伟业《柳敬亭传》《张南垣传》后,深感不满,于是动手改写。黄宗羲在清初大儒里最重视文章之学,曾编选《明文案》《明文海》《明文授读》,他的古文也写得相当出色。他认为吴伟业《柳敬亭传》"言其参宁南军事,比之鲁仲连之排难解纷,此等处皆失轻重……皆是倒却文章家架子"(黄宗羲《柳敬亭传》)。黄宗羲所谓的"文章家架子",就是"儒者气象",以儒家的立场和思想,评判人物事理。吴伟业把柳敬亭比拟为鲁仲连,就没有以儒者的身份立论,抬高了柳敬亭的品格和作用。在黄宗羲看来,柳敬亭、张涟"其人本琐琐不足道"。黄宗羲改写的《柳敬亭传》,以柳敬亭说书艺术为贯穿全文的线索,从莫生的指教和柳敬亭的人生阅历叙述柳敬亭精湛技艺的原因。文中说:"敬亭既在军中久,其豪滑大侠、杀人亡命、流离遇合、破家失国之事,无不身亲见之。且五方土音、乡俗好尚,习见习闻,每发一声,使人闻之,或如刀剑铁骑,飒然浮空,或如风号雨泣,鸟悲兽骇,亡国之恨顿生,檀板之声无色。有非莫生之言可尽者矣。"柳敬亭丰富的人生阅历,尤其是曾在军中为左良玉幕客的经历对养成他高超的说书技艺具有重要的意义。黄宗羲交待柳敬亭晚年踪迹说:"马帅镇松时,敬亭亦出入其门下,然不过以倡优遇之。"马逢知把柳敬亭视为倡优,黄宗羲亦如此,文末感叹云:"嗟乎,宁南身为大将,而以倡优为腹心,其所授摄官,皆市井若己者,不亡何待乎!"梨洲心中,士大夫与市井倡优是雅俗贵贱迥然不同的两个阶层,他的自负与自傲心理昭然可见。从文章来看,黄宗羲的《柳敬亭传》线索明晰,结构紧凑,叙述生动,文辞劲健而富感情,堪称经典之作,比吴伟业《柳敬亭传》的艺术水平要高。

黄宗羲《柳敬亭传》被选入各种古文选本和语文教材，影响较大。在某种意义上，吴伟业、黄宗羲代表清初两种解读柳敬亭的方式。

二

崇祯十一年（1638）冬，张岱寓居南京，闵汶水的茶艺、濮仲谦的竹雕、姚允在的绘画、柳敬亭的说书给他留下了深刻的印象，他既写了《闵汶水茶》《曲中妓王月生》《柳麻子说书》三首七古，又有《濮仲谦雕刻》《闵老子茶》《姚简叔画》《王月生》《柳敬亭说书》系列小品收入《陶庵梦忆》。

张岱的《柳敬亭说书》，以说书为中心勾勒柳敬亭的神情笑貌，读者在简洁干净的文字里可以感受到柳敬亭口角的波俏和眉眼的飞动，这个"婉娈"的柳麻子在纸上也这么让人向往。他写柳敬亭的外貌，突出其"悠悠忽忽，土木形骸"，与"婉娈"形成反差，又有一点相互映发之意。写柳敬亭说书的生意大好，虽然价格不菲，还要十日前预订，这样的行市与当时朱市名妓王月的火爆有得一比。然后转入写柳敬亭说书技艺之高超，张岱选取了自己听过的《景阳冈武松打虎》片段来说明，他认为柳敬亭"其描写刻画，微入毫发，然又找截干净，并不唠叨"。"武松到店沽酒，店内无人，謦地一吼，店中空缸空甓皆瓮瓮有声"，柳敬亭如此处理被张岱赞为"闲中着色，细微至此"，张岱鉴赏的眼光也同样细入毫发，与柳敬亭的说书艺术旗鼓相当。接着，张岱又写柳敬亭对观众颇为严苛的要求，他们必须全神贯注，稍有疲倦之色或走神之举，就不再讲说。这不太合乎情理的要求源于柳敬亭对自己技艺的自负和人格的自尊，而出神入化的技艺更是平日研习的结果。文末呼应开篇，又翻出新意："柳麻子貌奇丑，然其口角波俏，眼目流利，衣服恬静，直与王月生同其婉娈，故其行情正等。""婉娈"是张岱给柳敬亭的定评，也是文眼所在。

柳敬亭因为说书技艺高超而美妙，张岱抓住这一点展开描写，像一幅写意画，草草几笔勾出轮廓，又于某一点上浓墨洇染，虽说篇幅短小却富有张力，形成强烈的感染力。在具体的行文中，张岱精心编排，柳敬亭说书的行情、具体的技艺、他对观众的挑剔和平时练功的勤勉，就是勾勒出轮廓的几笔，在此基础上，以柳敬亭相貌丑陋反衬他的"婉娈"，以朱市名妓王月正面映衬，在写柳敬亭的说书艺术时，通过细节刻画其"闲中着色"的功力，这一笔好像饱满的浓墨在宣纸上洇染。文末对全文的文眼进行皴擦、渲染，使之更为丰厚，一篇短文，文思灵巧，文笔细密，柳麻子的形象呼之欲出。

关于柳敬亭的生平经历，张岱并非不了解。明亡后柳敬亭曾到绍兴谋生，结果很糟糕，张岱写了一首七律《柳敬亭住越三月大不得意而去闻有再来之信故作》，诗云："越人有目不能司，直待人言始信之。蔡泽同时都不齿，相如隔世反相思。自闻去后方言悔，倘再来时又作嗤。安得平原十日饮，归来弹铗可无辞。"丙戌绍兴城破之后，原来的世家大族纷纷沦落，如战国平原君那样的主人也找不到了。柳敬亭的说书艺术可以在南京、苏州这样的大都会红火，在绍兴却遭受冷遇。从艺术的角度来看，越中人似乎不大能接受柳敬亭以扬州方言为主体的评话艺术。诗中张岱对越人也颇有微词,他在写柳敬亭时,从艺术的角度着手,不提与政治的关联,使之成为一位纯粹的说书艺人。立意与吴伟业《柳敬亭传》全然不同。而在张岱笔下,柳敬亭技艺高超,自尊自重,是美妙可爱之人,文字之间渗透着张岱的肯定和赞赏,这与黄宗羲《柳敬亭传》所表现的评价尺度也相去甚远。张岱的文章开辟了新的思想境界和艺术天地。

三

在张岱笔下,柳敬亭的形象不是孤立的,他与其他市井艺人存在着一些共性,构成了张岱市井艺人书写鲜明的特色。如竹雕艺人濮仲谦:

> 南京濮仲谦,古貌古心,粥粥若无能者,然其技艺之巧,夺天工焉……仲谦名噪甚,得其一款,物辄腾贵。三山街润泽于仲谦之手者,数十人焉,而仲谦赤贫自如也。于友人座间见有佳竹佳犀,辄自为之,意偶不属,虽势劫之,利啖之,终不

可得。(《濮仲谦雕刻》)

再如民间画师姚允在:

简叔塞渊不露聪明,为人落落难合,孤意一往,使人不可亲疏。与余交不知何缘,反而求之不得也。访友报恩寺,出册叶百方,宋元名笔。简叔眼光透入重纸,据梧精思,面无人色。及归,为余仿苏汉臣一图……覆视原本,一笔不失。(《姚简叔画》)

茶艺名家闵汶水:

戊寅九月至留都,抵岸,即访闵汶水于桃叶渡。日晡,汶水他出,迟其归,乃婆娑一老。方叙话,遽起曰:"杖忘某所。"又去。余曰:"今日岂可空去?"迟之又久,汶水返,更定矣。睨余曰:"客尚在耶!客在奚为者?"(《闵老子茶》)

与柳敬亭同样红火的朱市妓王月：

> 面色如建兰初开，楚楚文弱，纤趾一牙，如出水红菱。矜贵寡言笑，女兄弟、闲客多方狡狯嘲弄哈侮，不能勾其一粲……月生寒淡如孤梅冷月，含冰傲霜，不喜与俗子交接；或时对面同坐起，若无睹者。（《王月生》）

这些市井艺人技艺高超，把全部生命投入自己喜爱的工艺中，他们淡泊名利，自尊自重，其性情和人品皆不同流俗，在他们身上，技艺和人格融合成一种境界，用张岱的话来说就是"不晓文墨而有诗意，不解丹青而有画意，不出市廛而有山林意"(《鲁云谷传》)。张岱以这种诗性思维把握并描绘他所接触的市井艺人，逸笔草草勾勒出市井艺人的精神风骨，这是张岱散文最具特色也最有魅力之处。

晚明时代江南城市经济繁荣，工艺美术得到长足发展，出现了一批技艺高超的工艺大师，他们的人品和作品也受到士大夫阶层的认可和赞赏。在《吴中绝技》中，张岱列举了吴中最负盛名的玉工、犀工等工匠，并对他们的工艺水平作如是评论："但其良工苦心，亦技艺之能事。至其厚薄深浅，浓淡疏密，适与后世赏鉴家之心力、目力针芥相对，是岂工匠之所能办乎？盖技也而进乎道矣。"由技艺上升到艺术的层面，达到了"庖丁解牛"的境界，晚明的能工巧匠就与《庄子》中顺应天道的人物联系上了。张岱还列举了晚明技艺最高超的竹工、漆工、铜工和窑工的姓名，这些过去被视为"贱工"的匠人如今"且与缙绅先生列坐抗礼焉"（《诸工》），他们因为自己的绝艺可以和士大夫平起平坐，晚明城市氛围的宽松和自由于此可见，市井艺人已经成为一个引人注目的群体，张岱的市井艺人书写根植于此。

张岱的市井艺人书写深受庄子的影响，《庄子》大量寓言中的人物，有一些就是市井艺人，如庖丁、支离疏、宋画史等。这些人物大多身有残疾，形貌丑陋，如支离疏："颐隐于脐，肩高于顶，会撮指天，五管在上，两髀为胁。"他们在从事自己的工艺时，"解衣盘礴"，"用志不分，乃凝于神"，像佝偻丈人那样："虽天地之大，万物之多，而唯蜩翼之知。"他们的境界由技而进于道。庄子通过这些艺术形象向读者解说他所谓的天道和自然，他的思想和表达方式对后世的文学艺术影响深远。后世的艺术家和工匠在创作时往往凝聚神思，旁若无人，他们不慕名利，坦率自然。如苏轼笔下的画师蒲永升："近岁成都人蒲永升，嗜酒放浪，性与画会，始作活水，得二孙本意。自黄居寀兄弟、李怀衮之流，皆不及也。王公富人或以势力使之，永升辄嘻笑舍去。遇其欲画，不择贵贱，顷刻而成。"（《画水记》）

张岱充分吸收了庄子创造的这一中国文学优良传统，又加以提升发挥，使市井艺人书写达到一个很高的艺术层次。他笔下的市井艺人构成了中国文学独特的人物画廊，为中国传统文化打开另一扇窗户。从文化主体来看，中国传统文化可以分为廊庙文化、士大夫文化和世俗文化三个层面。廊庙文化庄严凝重，士大夫文化儒雅平和，世俗文化泼辣通俗。而张岱构建的市井艺人文化融合了士大夫文化与世俗文化的某些元素，它根植于晚明活跃的市镇经济。柳敬亭身上所展现的高超的说书技艺和自尊舒展的人格，极富活力和韧性,这种文化形态蕴含着中国传统文化的核心精神和演变趋势。张岱之后,这类人物在中国文学里不绝如缕,显示出中国传统文化的魅力和活力。清代吴敬梓《儒林外史》中收束全书的"四客"即与柳敬亭的文化人格一脉相承。这个传统在汪曾祺、阿城的小说和散文中也得到继承和发挥。

明末江南家乐班主素描
——《朱云崃女戏》笺证

张岱是戏曲艺术的行家里手，观赏过众多明末清初江南著名家乐戏班的表演，品鉴眼光极高。《陶庵梦忆》中有三篇专写晚明家乐戏班的文章，张岱能以简练生动的文字写出三个家班的特色和表演效果，兼及主人的性情，既是绝妙的散文，又是重要的戏曲史料。《朱云崃女戏》即是其中一篇。戏曲史论著多注意朱云崃独特的培养演员的方式，而对朱云崃其人均语焉不详。当前流行的《陶庵梦忆》注释本，对朱云崃也付之阙如，这不能不说是一个遗憾。笔者研读张岱著作和晚明文史有年，现钩稽文献，对朱云崃其人略作考证。

一

《朱云崃女戏》之"朱云崃",其他晚明史籍均写为"朱云来"或"朱云莱",清初邹漪《启祯野乘二集》卷六有《朱太常传》,记其早年仕履甚详:

公名国盛,字敬韬,号云来,松江人也。少食贫,读书攻苦,中万历庚戌进士,授工部主事。管六科廊,彝人廉之。管大工城工,节省数十万金,秋毫无染。寻榷荆州,筑别署以免地方戍守,苏商舶以系远近去思。及行,图书数卷,行李萧然。继治南河,捐俸筑扬州露筋堤、淮安三城堤,浚清江运河六十里。已擢七省漕储道副使,先时所任众怨,清核河工金钱,岁一万七千者,至是用之将作,不烦国帑,不费民财,卒成路马湖之役。盖有洳河则滁吕二洪之险漕不任受,有路马湖则十三溜之险漕亦不任受,皆公力也。公去后,遂岁费千万。烈皇帝知公功,有无赡前劳之旨。

由此可知，朱云来名国盛，字敬韬，松江（今属上海）人，万历三十八年（1610）进士，早年为官清廉。天启年间任漕储参政，此时淮河、黄河涨溢，淮安段运河三十多年未疏浚，严重影响漕运。《明史·河渠志》记朱国盛疏浚通济新河的情况：

> 时王家集、磨儿庄湍溜日甚，漕储参政朱国盛谋改浚一河以为漕计，令同知宋士中自泇口迤东抵宿迁陈沟口，复溯骆马湖，上至马颊河，往回相度。乃议开马家洲，且疏马颊河口淤塞，上接泇流，下避刘口之险，又疏三汊河流沙十三里，开滔庄河百余丈，浚深小河二十里，开王能庄二十里，以通骆马湖口，筑塞张家等沟数十道，束水归漕。计河五十七里，名通济新河。五年四月，工成，运道从新河，无刘口、磨儿庄诸险之患。

疏浚通济新河，保持大运河畅通，是朱国盛在漕储参政任上最大政绩。此外，他还编撰了一部水利专书《南河志》十四卷，《明史·艺文志》有著录，《四库全书总目》收入存目，提要云："天启五年，国盛以工部郎中管理南河，创为此志。自敕谕至公移凡三十三门，于黄、淮诸水疏治事宜，颇为详析。"所谓南河，即"由瓜、仪达淮安"的这一段运河。《南河志》的编撰对于保存文献、保障运河漕运畅通是有深远意义的，由此也可看出朱国盛既具备解决实际问题的才干，也有长远的眼光和规划。邹漪《朱太常传》又说："计公在事八年，如止漕珰南来，阻浙直淮兑，皆为德于乡里。"清初松江文人曹家驹《说梦》有一则也记述了朱国盛在漕储任上的事迹："但其挽漕时，大有造于维桑。每岁白粮北上，严禁漕艘凌压，而京卫枭旗赵思塘，夙为松患，云莱缚而毙之杖下。此等事尽有力量，何可尽埋没之。"这又体现了朱国盛处理棘手问题时的魄力和智慧。

曹家驹《说梦》记朱云来仕履云：

> 天启时为漕储道，魏阉熏灼，云莱藉其援引，捷升北太常。后阉败，值钱机翁当国，得免大祸，然从此亦不振矣。

可见依附阉党成了朱云来人生的拐点，天启末年正是魏忠贤势焰全盛之时，大明王朝的实权掌握在一个太监手里。朱国盛通过阉党奥援快速晋升至太常寺卿，官级为正三品，而他原来的工部郎中是正五品，连跃了四级，在当时的官场应该比较引人注目。崇祯二年（1629）钦定逆案，将阉党官员分为首逆同谋、结交近侍、结交近侍次等、结交近侍又次等四类，朱国盛属于第四类，在逆案中罪行最轻，这与当时的首辅、同乡钱龙锡的保护有关。既入钦定逆案，官职自然丢了，只好回到老家闲居，如按朱国盛的才学和能力，他的仕途应该大有作为。他升官的念头过于急切，又处在魏忠贤一手遮天的形势，依附阉党成了实现目标的唯一选择，有才干而功名心切的士人往往会在这样的关口走错路径，曹家驹《说梦》下断语说："夫云莱托足权门，诚不自爱。"遗憾之中包含惋惜之情。而邹漪《朱太常传》则认为是钱龙锡为庇护门人而诬陷朱云来致其落职闲住，目前还没有其他文献可以证明。朱国盛在老家新场镇街中心建了一座三世二品坊，表彰其祖父朱镗、父亲朱泗和他自己均官至二品，牌坊额题"九列名卿",左右分别题有"七省理漕""四乘问水",可见他对自己治水的政绩和贡献颇为自负。

二

朱国盛回到松江闲居以后,在横云山下构庄园,与董其昌、陈继儒过从甚密。晚明时期松江画风浓厚,朱国盛爱好收藏,并精于绘事,董其昌题其画云:"敬韬作米虎儿墨戏,不减高尚书。"可见朱国盛擅长用米芾父子的笔法作山水画。董其昌《题横云秋霁图与朱敬韬》"敬韬韵致书画,皆类倪高士,故余用倪法作图赠之"。(《画禅室随笔》)将朱国盛与元末画家倪瓒相提并论,这是对朱国盛很高的褒奖。除《南河志》外,朱彝尊《经义考》卷二〇六还著录朱国盛经学著作《拜山斋春秋手抄》十二卷,展现了他学术文艺方面的成就。朱国盛家居后,与松江知府方岳贡也交谊甚笃。方岳贡在松江知府任上政绩之一是修筑海堤,《明史》本传云:"郡东南临大海,飓潮冲击,时为民患,筑石堤二十里许,遂为永利。"朱国盛是水利专家，方岳贡在决策施工过程中应该得到过朱国盛的帮助。

松江是富庶温柔之乡，对于朱国盛这样仕途失意而家资豪富的文人来说，最大的娱乐莫过于钟情声伎。年老渔色几乎成为晚明江南文人的嗜好，大名鼎鼎的董其昌61岁时唆使儿子和家奴捣毁同里陆兆芳私宅，霸占陆家使女绿英，激起民愤，导致松江民众烧毁并抄掠了董宅。朱国盛在年老渔色上与董其昌有同好，邹漪《朱太常传》说："公归后，无所事事，惟纵情歌舞，放迹林泉，以老其身。"他家中有家乐戏班，戏班里的女演员就是他的姬妾。曹家驹《说梦》记朱国盛家居之事云：

> 家中唯以声伎自娱，而郡中后辈好讥议，有张次璧者（名积润），乃七泽公（名所望，字叔翘，辛丑进士，官至山东右藩）之子，七泽公最善音律，次璧亦以家学自负，乃作一传奇，名曰《双真记》，生名京兆，字厂卿，张盖以自寓也；旦名惠元霜；净名佟遗万，佟者，以云来为东乡人，遗万者，

谓其遗臭万年也，诋斥无所不至。云来大恨，讼次璧于官，而七泽公不胜舐犊之爱，力辨其诬。陈眉公起而解纷，致一札于当事，请追此板，当堂销毁，置此事于不问，而持议者并谤及眉公矣！后云来殁，其子欲跻乃父于乡贤，时论哗然，传檄旁午，为鸣鼓之攻，事遂中寝。

朱国盛居家的声色之娱，必然十分张扬，以致引起张次璧作《双真记》传奇来讥讽他。这种方式也是晚明松江的特色，董其昌捣毁陆兆芳私宅霸占使女绿英后，有人将此事演为《黑白传》词曲，由盲人在城内歌唱。张岱《朱云崃女戏》写其好色之状：

且闻云老多疑忌，诸姬曲房密户，重重封锁，夜犹躬自巡历，诸姬心憎之。有当御者，辄遁去，互相藏闪，只在曲房，无可觅处，必叱咤而罢。殷殷防护，日夜为劳，是无知老贱，自讨苦吃者也，堪为老年好色之戒。

《陶庵梦忆》中所记人物多有品节可议者，如阮大铖、刘光斗、范允临等，张岱多肯定其才艺，极少正面诋斥，上述文字在《陶庵梦忆》中算是一个特例。张岱亲自观赏过朱国盛家班的演出，对其教戏方式颇为称赞，而其老年好色的表现给张岱留下极为深刻的印象，忍不住在文章中讥嘲一番。

朱国盛的家乐戏班在明末江南颇负盛名，汪汝谦拥有豪华的楼船，逍遥于西湖山水之间，他认为："女乐之最胜者，惟茸城朱云来冏卿、吴门徐清之中秘，两公所携，莫可比拟。轻讴缓舞，绝代风流，共数晨夕。"（《春星堂诗集》卷五《西湖纪游》）关于朱国盛家乐戏班的演员培养和表演情况，还是张岱《朱云崃女戏》叙写最为详明：

> 朱云崃教女戏，非教戏也。未教戏，先教琴，先教琵琶，先教提琴、弦子、箫管，鼓吹、歌舞，借戏为之，其实不专为戏也，郭汾阳、杨越公、王司徒女乐，当日未必有此。丝竹错杂，檀板清讴，入妙腠理，唱完以曲白终之，反觉多事矣。西施

歌舞，对舞者五人，长袖缓带，绕身若环，曾挠摩地，扶旋猗那，弱如秋药。女官内侍，执扇葆璇盖、金莲宝炬、纨扇宫灯二十余人，光焰荧煌，锦绣纷叠，见者错愕。

朱云来的家乐戏班重在演奏和歌舞表演，戏曲只是其组织演奏和歌舞的媒介。所以他在教习演员时，非常重视基础乐器的训练，他的家伶在唱戏之前都能熟练地进行管乐、弦乐的演奏，这在当时的江南家乐戏班中是比较特殊的。当然，要达到较好的效果，必须精心挑选演员，不惜重金加以培养，在这些方面，朱云来是花了本钱的，所以他的家班的演唱和伴奏都非常精彩。并且女伶舞姿曼妙，道具华丽，色彩炫目，给观众十分强烈的视觉冲击。张岱评戏赏戏的眼光颇为挑剔和严苛，能得到他的赞许，足以说明朱云来家乐戏班的艺术水平不同凡响。朱云来显然对自己的家班颇为自负，张岱用他最擅长的白描笔法予以刻画："云老好胜，遇得意处，辄盱目视客。得一赞语，辄走戏房，与诸姬道之，佹出佹入，颇极劳顿。"寥寥几笔，一个自负而亟待客人称赞，得到称赞又神秘兮兮奔走告知女伶的朱云来神形毕现，张岱的文笔真是无与匹敌。

三

崇祯十一年（1638）七月，复社文人在南京联名发布《留都防乱公揭》，将阉党阮大铖驱逐至南京城外牛首山，江南各地也纷纷响应，不断出现声讨阉党的檄文。崇祯十四年，松江民众发布了声讨朱国盛的公檄，祁彪佳这一年的日记《小捄录》对此事有如下记载："晚得陈轶符书，示以云间讨朱云来公檄，且索朱云来前日讦陈公祖书，予以付祝融回之。"此时陈子龙任绍兴推官，松江发檄公讨朱国盛显然与他有关，以至于朱国盛有专门攻击陈子龙的书信。这一年江南大旱，《小捄录》六月十六日又记："得陈卧子公祖书，言三吴苦旱，云间抢攘。扬方壶、姜神超首被其毒，富家不可指屈也。方禹修斩三人乃少定。"可见此时松江的富室受到灾民的冲击，形势相当混乱，朱国盛这样家资豪富、行事又颇为张扬且有阉党身份的士绅必然会引起民众的注目。虽然有知府方岳贡的保护，朱国盛在松江还是待不下去了。他带着他的家乐，坐着豪华的游船来到杭州西湖，逍遥于湖山之间，过着在外人看来神仙一样的生活。祁彪佳《与方禹修》即说："朱云老轻舫平舆，往来湖山之胜，已是尘外仙人，世俗毁誉，又安足问！"这里的"世俗毁誉"，即指松江声讨朱云来的公檄。朱国盛避难西湖期间，主动向祁彪佳示好，多次写信给祁彪佳，其嘤嘤求友之意甚殷。祁彪佳《林居尺牍》有两封写给朱云来的信，先看第一封《与朱云来》：

> 仰惟老先生台台，道先知觉，望系苍生，杖履所至，两峰三竺，可作东山。寓忧时于游赏，蕴雅抱于林泉。乃如私谫劣无似，过叨注存，自引病以来，三蒙惠问，云天气谊，更非世俗可几。铭佩五中，毋敢致也。咫尺台光，仅衣带为阻，乃多病之躯，复为家冗所绊，不能追随台驾，吟啸湖山。而陋室荒村，又无堪邀长者车辙，惟有翘望紫气，益深瞻恋。而歉仄之念，亦不禁摇摇

于方寸矣。不腆芹将,聊申鄙怀,伏乞台慈垂鉴。外附复方禹修一函,敢烦从者,临楮可任驰注之至。

祁彪佳以非常委婉的方式述说自己既不能到杭州与朱国盛晤面,也不便邀朱国盛到绍兴,他怕遭到清流的讥议。虽然他对朱国盛的处境颇表同情,没有公开朱国盛攻击陈子龙的信,希望息事宁人。祁彪佳的态度在某种程度代表越中士人的政治立场,他们与当时的清流是有距离的。不久以后,又有第二封《与朱云来》:

私拙陋无似,动与世违。年来惟剔石疏泉,浇花种竹,觉农圃生涯,差不寂寞。每念向日待罪名邦,千愆万戾,自惭自歉,然亦付之邯郸一枕矣。恭闻老先生台台东山雅望,西园名硕,时以平舆轻舫,往来湖山之间。翘望紫气,如在蓬瀛。私秋初亦曾涉迹西泠,近以贱体多病,长卧萧斋,遂不能奉瞻芝范,消此鄙吝。枫林如醉,永系遐思。寒居衣带一水,有东道之礼,乃契阔如此,而云霞璀璨,俨焉先之,则私何以赎疏节之罪耶!台贶叠颂,至今尚佩镌于肺腑,九首附壁感刻,总非笔舌能宣也。方禹修才品绝世,十年不字,益励坚贞,当今人物,岂能与肩背相望,此真大江以南第一保障。以公论之归服如此,节钺当在旦暮。若用之西北,虽左宜右有之才,无所不可,然安若就熟驾轻之为妙哉!平居与家岳屈指贤豪,每怀推毂,若边才之举,则非私意中语也。具有复函,容日附之记室。率尔布谢,不尽所怀,临楮可任驰注之至。

朱国盛听说祁彪佳生病,从杭州派人馈送礼物并致问候,此为祁彪佳答谢之信。信中又一次说到他因病不能招待朱国盛,可以想见祁彪佳下笔时的谨慎。信中还谈及与松江知府方岳贡共事过,辞官家居期间和方岳贡的往来书信不断。他高度称赞方岳贡的才干,当时有传闻说方岳贡要被调至西北边境,而祁彪佳则认为方岳贡继续留在江南担任要职更能发挥他的作用。方岳贡是朱国盛、祁彪佳的朋友,朱国盛在给祁彪佳的信中应该也提到方岳贡的升迁，故祁彪佳有此陈说。在崇祯十四年（1641）这样的多事之秋，不管是放废多年的阉党成员，还是辞职家居的官员，尽管各自的目的不太一样，他们均对时局十分关注，因而也格外注目能够维系政局的他们的友人的政治前途。前一封信里祁彪佳说朱国盛"寓忧时于游赏"，其端倪于后一封信有所流露。

明清易代之际朱国盛仍存世，谈迁有《虞山毛子晋邀高砠斋相国、朱云来太常同徐元叹、释石林夜泛月》七律：

> 夕阳花坞锦霞明，罗绮随风烟树平。杂坐攀荆人万里，乘流飞羽月三更。德星相聚瞻台斗，紫气初来散玉京。千古信陵能结客，毛公转重此时情。（《谈迁诗文集》卷一）

此诗作于清顺治二年（1645），谈迁时为高弘图幕僚，上年十月初六，高宏图辞去弘光朝大学士职，计六奇《明季南略》记高弘图国变后经历："初，弘图家甚富,山东遭乱后,纤屑无存,惟一幼子自随。欲侨居常熟,不果,寄栖吴门僧寺,幼子附读村馆。已,迁之会稽。"诗为高宏图、谈迁至常熟,受到汲古阁主人毛晋邀请,月夜泛舟尚湖而作。朱云来亦受邀而至,陪客有诗人徐波、僧人释石林。朱云来收藏有不少珍贵的字画,他与毛晋的友谊应该建立在他们对收藏古书、字画的兴趣上。邹漪《朱太常传》说朱云来"丙戌卒",据此可知他卒于清顺治三年(1646)。

毁誉参半的朱国盛,他的人生经历、生活方式体现了鲜明的明末时代特色,他的遭际也折射出明末江南复杂的政治生态。

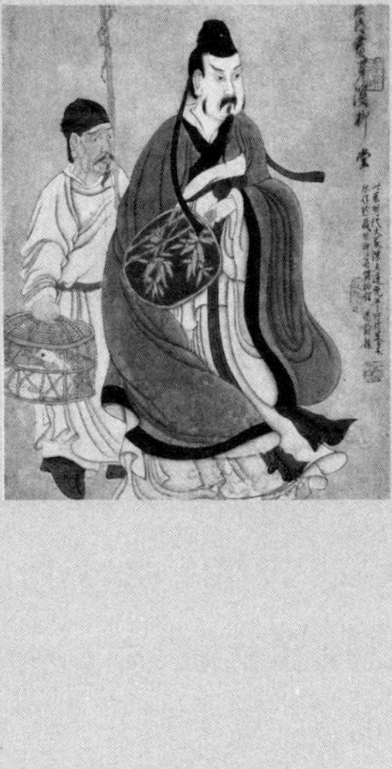

真实的尺度和传记的新境界
——读《家传》《附传》《五异人传》

张岱以修撰明史作为自己的志业,他熟谙中国古代的史学传统,从在诗文中随手拈来《史记》中的人物和细节来看,他在《史记》上也下过工夫。除了专门的史书之外,他的文集中传记的数量也相当可观。其中的《王谑庵先生传》《五异人传》等已经成为脍炙人口的名篇。张岱的《家传》《附传》《五异人传》是他为家族中人所写的系列传记。这些作品对人物描写的真实程度突破了古代传记的界限,由此形成了传记的新境界,这是张岱散文成就的一个重要方面。

一

春秋时晋国的史官董狐,在赵穿杀掉晋灵公之后,记录此事为"赵盾弑其君",孔子称赞说:"董狐,古之良史也,书法不隐。"(《左传·宣公二年》)记人记事,客观公允,是良史精神的核心要义。司马迁继承发扬了良史精神,班固称之为"实录":"其文直,其事核,不虚美,不隐恶,故谓之实录。"司马迁通过互见、对比、寓论断于叙事、细节刻画等手法将历史人物的真实面貌记述下来,给后代史书撰述和传记写作树立了典范。中国古代正史自《史记》之后采用以人为中心的纪传体,如何写人就成为撰史的关键问题,唐代史学家刘知几在《史通·惑经》中说:"苟爱而知其丑,憎而知其善,善恶必书,斯为实录。"史家对传主的主观态度和客观公允的评价必须结合起来,才能做到善恶必书,就像司马迁对李广的人品才能和带兵方式充满敬仰,在《李将军列传》中也写了李广杀霸陵尉和杀降卒两件事,揭示了李广挟私报复、对投降的羌族人缺乏诚信等缺点。司马迁对汉武帝时代的酷吏毫无好感，但在《酷吏列传》文末的赞语中也指出郅都、张汤、赵禹等人的优长。实录是中国史书和传记写作的优良传统，体现了一个民族对历史真相和复杂人性的尊重。

张岱从年轻时就发愿要修撰明代纪传体通史，在深入研读古代史书的过程中，深受良史传统的熏染。他不满于已有的明代史书对于明代历朝的人物和事件均不能秉笔直书，他所面对的是"国史失诬，家史失谀，野史失臆，故以二百八十二年总成一诬妄之世界"，他在《石匮书自序》分析自己修撰明史的优势："幸余不入仕版，既鲜恩仇，不顾世情，复无忌讳，事必求真，语必务确，五易其稿，九正其讹，稍有未核，宁阙勿书。"作为史书的编撰者，最忌讳把个人恩怨渗透于笔下，他明确地指出："肯学《三国志》以千斛见饷，遂传其尊公；深鄙《五代史》以一妓相持，乃诬其先祖。"（《征昭代文献诸书助修明史檄》）《石匮书》成书后，有人批评此书不拥戴东林，张岱写信给李长祥辩解，他说自己的撰述态度："心如止水秦铜，并不自立意见。故下笔描绘，妍媸自见，敢言刻画，亦就物肖形而已。"所谓"妍媸自见",就是刘知几所说的"善恶必书"。在主观上,张岱是以实录精神指导自己的明史修撰的。实录精神不仅贯穿于张岱的史学著作中,也延伸至他的传记写作,他自述《家传》的写作目的:"岱不才,无能为吾高曾祖考另开一生面,只求不失其本面、真面、笑啼之半面也已矣。"他还说:"余生平不喜作谀墓文,间有作者,必期酷肖其人,故多不惬人意,屡思改过,愧未能也。"(《周宛委墓志铭》)"酷肖其人",呈现的效果必然为"妍媸自见","就物肖形",也就是《张子说铃序》中所说的"亦得其真,得其近而已矣"。

传记写作追求真实,除了传统的实录精神的影响,张岱也受到晚明思潮的影响,李贽提出"童心说",崇尚绝假纯真,反对虚伪矫饰,对晚明士风和文学艺术创作影响甚巨。袁宏道在人物品评和文艺批评上主张"以疵求真",他说:"弟谓世人但有殊癖,终身不易,便是名士。如和靖之梅,元章之石,使有一物易其所好,便不成家。"(《与潘景升》)这个观念在晚明广泛流传,形成了人物品评以疵病为真为美的风气。关于人物品评,张岱有一个著名的论断:"人无癖不可与交,以其无深情也;人无疵不可与交,以其无真气也。"(《祁止祥癖》)可以明显地看出自袁中郎观点转化而来的痕迹。他在《附传》开篇说:"三叔者,有瑜有瑕。言其瑜,则未必传;言其瑕,则的的乎其可传也。解大绅曰:'宁为有瑕玉,勿作无瑕石。'然则瑕也者,政其所以为玉也。"张岱的人物品评体现了鲜明的晚明脉络,使他的传记呈现出新的境界。

二

家族历史书写与正规史书不同,张岱友人王豐在《与谢无可论纪载书》中认为:"史笔与家乘不同,家乘者,人私其所尊亲,非详莫悉,非盛勿重,故细而繁之,小而张之,然巨笔尚有矜慎之思。"一个家族的后代为前人作传时,一般都要彰显先人的道德、功业和文章,避开一些有争议或敏感的话题,张岱说晚明时代"家史失谀",一个"谀"字显示了后人对先人的普遍心态。张岱的《家传》《附传》《五异人传》是他撰写的绍兴张氏的家族历史,由于秉承史家的实录精神和晚明"以疵求真"的人物品评观念,张岱对于先人刻画的真实度值得关注。根据与先辈时间间隔的长短,张岱采取了这样的写作方式:"传吾高曾,如救月去其蚀,则阙者可见也;传吾大父,如写照肖其半,则全者可见也;传吾先子,如网鱼举其大,则小者可见也。"不同的策略都以展现先人的真实面目为目的。

张岱的高祖张天复才能卓越,在云南平定了武定叛乱,按照功绩可以封伯爵,而世守云南的沐氏出重金与他做交易,将他功劳攮为沐氏所有,他回答沐氏说:"沐世滇矣,无待功始世滇。予功当新建,法当伯。以金鬻伯其谁肯?"张天复认为自己的功劳与王守仁相当,按照明朝的功令可封伯,谁愿意以金钱出卖自己的伯爵呢?这是有才干又渴望荣誉的士人真实的想法,他受到沐氏的反噬,如果不是儿子张元忭南北奔波,几乎丧命,最后被革职闲居。这一场政治风波让张天复感受到仕途的凶险和命运的吊诡,张岱写他罢官后:

> 遂归里。归则构别业于镜湖之址，高梧深柳，日与所狎纵饮其中。命一小傒踞树颠，俟文恭舟至，辄肃衣冠待之，去即闭门轰饮叫嚣如故也。

这是一个耐人寻味的细节，张天复以纵酒豪饮发泄内心的不平和抑郁，而让家僮随时通报张元忭的行踪，儿子来了就穿上正式的服装接待，这固然可以理解为对儿子的尊重，也隐约透露了张天复、张元忭父子之间关系的紧张，这样的情节一般人是不会写进家传中的。

张元忭是隆庆五年（1571）状元，《明史·儒林传》中有他的传记，张岱《石匮书》也把张元忭列入《儒林传》中，后世基本上把张元忭定位为理学家和学者。如果把《石匮书》和《家传》中张元忭的传记对读，便会发现两篇传记所记述的生平大致相同，却是两副笔墨写成。《石匮书》中的张元忭传记大抵采用李贽《续藏书》中张元忭传记的文字，而《家传》在叙述张元忭生平大节时增加了不少细节，如：

> 曾祖家居嗃嗃，待二子、二子妇及二异母弟、二弟媳，动辄以礼。黎明击铁板三下，家人集堂上肃拜，大母辈颒靧不及，则夜缠头护鬓，勿使鬖髿。家人劳苦，见铁板则指曰："铁心肝焉。"曾祖诞日，大母辈衣文绣，稍饰珠玉，曾祖见大怒，褫衣及珠玉，焚之阶前，更布素，乃许进见。

由此可见，张元忭治家古板严厉到有点不近人情，以至于家人都把他召集家人时敲击的铁板称为"铁心肝"。张元忭的做派与下文张岱写其父"先子喜诙谐，对子侄不废谑笑"形成鲜明的对比。张元忭如此风格，甚至连他的父亲都要严阵以待，这是一位让人畏惧的理学家。张岱的这些文字显然突破了为尊者讳的限制。

张岱祖父张汝霖，在科场上蹭蹬多年，乡试时由于主考李廷机在落卷中欣赏其文，命运才发生转机。他既具备处理繁难事务的才干，又博览群书，有著述之才。他是万历中期大学士朱赓的女婿，这个特殊的身份使他卷入万历中后期的党争之中。他一生在仕途上并未尽展其才，而家居时虽一度潜心著述，但受到晚明享乐风气的影响，流连于山水园亭和声伎弹唱，未能有所成就。张岱对其祖父深表惋惜：

> 大父自中年丧偶，尽遣姬侍，郊居者十年，诗文人品卓然有以自立，惜后又有以敚之也。倘能持此不变，而澹然进步，吾大父之诗文人品，其可量乎哉？

委婉的语气中透露出张汝霖抵制不了声色享乐的诱惑，流连光景，未能在诗文著作上有所建树。张汝霖对张岱影响最大，张岱这样写可以看出"爱而知其丑"的实录精神。《家传》在每位先人传记的文末附有介绍其夫人状况的简短文字，高祖母刘安人的远见，曾祖母王宜人的俭约，都是值得称扬的品德。通行的《琅嬛文集》之《家传》关于张岱母亲陶宜人是这样写的：

> 陶宜人生于会稽陶氏，外大父兰风府君，为清白吏子孙。宜人以荆布遣嫁，失欢大母，后以拮据成家，外氏食贫，未尝以纤芥私厚，以明不

负先子所托。大母朱恭人,性卞急,待宜人严厉,宜人克尽妇道,益加恭慎。

而《沈复灿钞本琅嬛文集》中的《家传》却是这样写陶宜人的:

> 陶宜人者,会稽陶兰风先生女也。少羸弱,出痘止四颗,闻鼓声即惊悸。十六归先子,以奁薄失欢于朱恭人。见面未尝不唾骂,骂不已则跪,跪不已则继以掌掴。我母私室下泪,闻怒呼,不以粉拭泪痕不敢出也。

朱恭人即张汝霖的夫人,大学士朱赓的女儿,出身高贵,性格暴戾,她看不上出身中下层官僚家族且嫁妆并不丰厚的陶宜人,动辄打骂。这样的文字揭开了绍兴状元台门内的成见和伤痕,而如此真实地记述长辈之间的矛盾也需要相当的勇气。沈复灿抄写所据应该是张岱诗文集较早的稿本,而国家图书馆藏《琅嬛文集》抄本是刊刻前的誊清本,这一段文字已改成后来通行本的文字，比沈复灿钞本的文字委婉含蓄多了，回避了暴力的细节。张岱也意识到，刻画长辈，文字真实的尺度是需要控制的。

《附传》记述张岱二叔张联芳、三叔张炳芳、季叔张烨芳的生平事迹，这三人功名不如祖上显赫，为人行事都有可取之处。张联芳颇具军事才能，又精通绘画，热衷收藏，生活奢侈，张岱认为："惜乎其宫室器具之奉，实过王侯，岱所谓僭越之太甚者，政谓此也。"张炳芳深谙政治投机之道，在明末政坛的大佬之间纵横捭阖，他身上可以看出绍兴师爷的一些特点。张岱还特地写了他死后要与张焜芳在临清对簿的情节，用传奇的笔法刻画张炳芳的狠戾和杀气。张烨芳是一位有才华又任性的少年公子，先好狭邪，后好诗文，与明末文坛的著名人物都有交游，二十三岁因过度服药暴卒。张岱写张烨芳的生活习惯：

> 性好啖橘，橘熟，堆砌床案间，无非橘者。自刊不给，辄命数童环立剥之。冬月，诸僮手龟皲瘃，黄入肤者数层。

这类任性而不知节制的饮食方式会对健康造成伤害，这个特征在张联芳的儿子张萼身上表现得更为明显，张岱把他写入《五异人传》。

三

如果说在《附传》中，张岱已经注意到可以从常人认为是缺点的一些特征入手，写出传主的个性和品质，那么到写《五异人传》时，张岱写人的手法已经上升到理论层面，着重从传主的"癖"和"疵"写其"深情"与"真气"，这是明末流行的人物品评标准，张岱将其转化成传记的写作方式。《五异人传》中的五个人物，如果从功业和社会地位来看，都是普通人，正史和地方志不会给他们留下位置。但他们都特立独行，个性鲜明，不同于庸众，在另一种视角中，他们是值得书写的人物。《五异人传》以其创造性的新意境和不拘一格的写法赢得了后世读者的认同，成为中国古代传记中的经典作品。

司马迁的人物品评有尚奇的倾向，他开创了中国古代传记书写奇人奇事的传统。唐宋以来的传记所写的奇人，或为隐逸之士，如苏轼的《方山子传》；或为有才华而不得施展的人物，如宋濂的《秦士录》《王冕传》等。明末清初，思想活跃，社会动荡，为传记写作注入了生气和活力。此时的传记更加关注普通人物，通过他们的生活状态和人生经历表达某种人生哲学和审美观念。《五异人传》所写的五人，张瑞阳癖于钱，张汝森癖于酒，张紫渊癖于气，张燕客癖于土木，张伯凝癖于书史，张岱以五人的癖好统领其生平经历，归结为他们身上的真气和深情。张岱所谓的"真气"，与李贽的"童心说"内涵相近，突出绝假纯真；而"深情"则与汤显祖的"至情"内涵相通，汤显祖认为："情不知所起，一往而深。生者可以死，死可以生。生而不可与死，死而不可复生者，皆非情之至者。"以真气和深情来品评人物，是对人物禀赋和性格的艺术式的观照，突破了传统的道德或事功的评判，显示出对普通人物一种审美化的观照和把握。《五异人传》中的五个人物既非怀才不遇，也非隐逸山林，他们有鲜明的个性，以自己特有的方式演绎了人生的悲欢离合。

张瑞阳因为生活贫困而赴京师作抄书吏,三十多年命运未能有所改观,一次偶然的机会,楚王府重金索求报生文书,他乘机敲诈,得银二万两,返乡成为富翁。张汝森性格粗豪,沉湎于酒,深得酒中之趣。张紫渊刚愎执拗,与人交流沟通非常困难。张燕客由于父母的宠爱,养成任性的习气,凡事都求速成,连在鲁王小朝廷任职都要攀附鲁王的亲戚,破格升任总兵,这当然不算光彩之事。张伯凝虽然目盲,却多才多艺,有排难解纷的能力,让耳聪目明的人自愧不如。张岱对人性的复杂和矛盾有深刻的了解,他评价张紫渊说:

> 紫渊叔刚戾执拗,至不可与接谈,则叔一妄人也。乃好读书,手不释卷。其所为文,又细润缜密,则叔又非妄人也。是犹荆轲身为刺客,而太史公独表而出之曰"深沉好书",则荆轲之使气刚狠,实与叔无异,而后能受鲁勾践之叱而不与之校,则其陶铸于诗书颇为得力,而遂使世人不得徒以刺客目之也矣。

张岱把张紫渊看成司马迁笔下荆轲那样的人物，表面上使气刚狠，内在却有"深沉好书"的底蕴，不以其表面的缺陷而简单否定一个人。张紫渊是个矛盾的人物，他的性格和命运悲剧都与那个摇摇欲坠的时代有关。可以想见，最后这段话是张岱含着眼泪写下的，这样的表达与《自为墓志铭》何其相似，张岱在张紫渊的命运里看到了自己的影子。

如果以道德或事功的标准来衡量，除张伯凝之外，五异人中其他四人都应得到负面评价，他们的性格和事迹也没有表彰宣扬的价值。但张岱以艺术的眼光观照，从他们的癖好和瑕疵中看到他们为人的真实和蕴含的深情，使读者不仅不觉其丑，反而觉其可爱、美好。张岱笔下的五异人与此前传记中的奇人异士、狂狷人格等都不相符，他们是道德并不高尚却很可爱的普通人，这是传记的新境界。这样的书写也改变了传统的关于人品雅俗的观念，晚明学者张鼐说："凡论人品者，不能求其至，而第论其真不真。其真则雅也，其不真则俗也。"（《宝日堂初集》卷六《与友人辩雅俗书》）以真不真为标准，五异人均可认为是雅人，这样的境界要到中国进入现代社会后才逐渐被理解和接受。

四

明末清初时期的传记的写法也有一些新变,比较突出的是出现了以侯方域、王猷定为代表的"以小说为古文辞",即用传奇小说的笔法写传记,如《马伶传》《汤琵琶传》等。这种写法使传记情节曲折,描写生动,文学色彩更为浓厚,但它打破了中国古代不同文体之间的界限,因而受到清初正统的古文家汪琬、方苞等人的批评。如果从破体的角度来看,其实张岱比侯方域、王猷定走得更远,试看《五异人传》中下列片段:

> 又一日,无事昼寝,有数人扣门急。问之,则寻掾史查公案。瑞阳出见之,曰:"掾史焉往?"瑞阳曰:"我即是也。"来人曰:"吾侪楚府校余,为承袭国王事,至宗人府,失去报生文书,特来贵司查取。乞掾史向文卷中用心一查,倘得原案,愿以八千金为寿。"瑞阳曰:"我向曾见过,不

知落何所。第酬金少，不厌人意耳。"来者曰："果得原文，为加倍之。"瑞阳方小遗，寒颤作摇头状，来人曰："如再嫌少，当满二十千数。"瑞阳私喜，四顾，乃附来人耳曰："莫高言，明早赍银某处，付尔原案。"来人谢去。

戊辰，兄九山成进士，送旗匾至其门，叔嫚骂曰："区区鳖进士，怎得入我紫渊眼内！"乃裂其旗作厮养裈，锯其干作薪炊饭，碎其匾取束猪栅。

未死前半月，阳羡李仲芳在二叔署中制时大彬沙罐。紫渊嘱其烧宜兴瓦棺一具，嘱二酉叔多买松脂，曰："我死，则盛衣冠殓我，熔松脂灌满瓦棺，俟千年后松脂结成琥珀，内见张紫渊如苍蝇、山蚁之留形琥珀，不亦晶莹可爱乎？"

昭庆寺以三十金买一灵璧研山，峰峦奇峭，白垩间之。名曰"青山白云"，石黝润如着油，真数百年物也。燕客左右审视,谓山脚块磊,尚欠透瘦,以大钉搜剔之,砉然两解。燕客恚怒,操铁锤连紫檀座捶碎若粉,弃于西湖,嘱侍童勿向人说。

这就不仅仅是使用小说笔法,还把生活中的口语、古代传记中的细节描写等熔于一炉,形成了接近现代白话文的文体特征,周作人对此作出深刻的评论:"此诸写法前人所无。不问古今雅俗,收入笔下,悉听驱使,这倒是与现代白话文相似。"(《再谈俳文》)张岱打破了传记写作中文言与白话、典雅与通俗的壁垒,他力图融汇古今,以自由的精神创造一种新文体。在《五异人传》中,此新文体的雏形已经显现,而清初的思想文学风气阻断了它继续发展的趋势,使它的文脉在近三百年后才又续上。历史的进程是曲折反复的,"青山遮不住,毕竟东流去"。

晚明越中文人的心灵文本

——徐渭《自为墓志铭》和张岱《自为墓志铭》对读

墓志铭是中国古代广泛流行的文体,徐师曾阐释墓志铭的内容和功能说:"盖于葬时述其人世系、名字、爵里、行治、寿年、卒葬年月与其子孙之大略,勒石加盖,埋于圹前三尺之地,以为异时陵谷变迁之防,而谓之志铭。其用意深远,而于古意无害也。"(《文体明辨》)一般以散文叙述死者生平,以骈文来写铭文。唐宋以来,死者家属往往以优厚的润笔请当世能文之士撰墓志铭,而写墓志铭的文人一般都会遵照死者家属的意愿褒扬死者的品德和功业,免不了有夸大失实的成分。韩愈撰写的一部分墓志铭就被讥为"谀墓文"。

在中国文学史上,自传文有着深厚的传统和鲜明的特色，司马迁、陶渊明、白居易、宋濂等文学家都为自己写过自传。自传的写作，源于作者那种不被社会或别人理解而又想自我表达的孤独感，胸中积聚着浓烈的感情，下笔之时，或沉痛，或慷慨，或洒脱，或幽默，贯穿其中的，是作者的理想、人格、遭际与现实社会的冲突。自传是一个文人的自画像，是最接近作者精神世界的文体。

自为墓志铭，是墓志铭和自传两种文体的结合，可以说是特殊的自传或特殊的墓志铭。自己给自己写墓志铭，违反了墓志铭的写作常规，而与正常的自传文相较，又增加了几分沉重、戏谑、苦涩的成分。明中叶越中奇才徐渭和明末清初散文家张岱都写过《自为墓志铭》，两篇并读，感慨系之。

一

徐渭是明代天才的文学家和艺术家，他开创了水墨大写意花鸟画风，对明清以来绘画影响深巨。这样一位艺术大师命运坎坷，他的《自为墓志铭》作于45岁，正当严嵩失势,曾经煊赫一时的闽浙总督胡宗宪作为严嵩党羽被抓进监狱之际。此前徐渭曾为胡宗宪幕客,并深得宠信,当时有传闻说徐渭也会被牵连入狱。徐渭处于惊恐之中,准备自杀,自杀之前写下了《自为墓志铭》。文中自述生平经历与自表性格心迹交错展开。在徐渭的笔下,他的这四十五年充满了矛盾和纠结,在求学上,"文与道终两无得也"。在为人处世上,看上去傲慢玩世,但实际上,"傲与玩亦终两不得其情也"。自己在科举之路上蹭蹬落魄,"人且争笑之,而己不为动"。胡宗宪邀请他入幕,他却拒绝,"人争愚而危之,而己深以为安"。入幕后,他深得胡宗宪宠信,礼数异常,"人争荣而安之,而己深以为危"。如果说"文与道终两无得也"还是自谦之词,那么"傲与玩亦终两不得其情也"则为伤心之语,高傲与玩世之外表所包裹的,是一颗敏感脆弱、渴望成功的心。考场上接连惨败,在黯淡的岁月里,胡宗宪的青睐无疑拨开了满天的乌云,让徐渭的生命有了光亮。然而这样的日子并不长久,胡宗宪被逮系,徐渭又被精神的黑雾所笼罩。他解剖自己:"渭为人度于义无所关时,辄疏纵不为儒缚，一涉义所否，干耻垢，介秽廉，虽断头不可夺……渭有过不肯掩，有不知耻以为知，斯言盖不妄者。"这是剔肤见骨的真诚之语，道出了徐文长最本真的样子，他自述学问上的成就："余读旁书，自谓别有得于《首楞严》《庄周》《列御寇》，若《黄帝素问》诸编，傥假以岁月，更用绎绅，当尽斥诸注者缪戾，摽其旨以示后人。而于《素问》一书，尤自信而深奇。"徐渭特别指出自己对道家、佛教、医学典籍的造诣，在程朱理学作为官方思想的时代，这样的学术取向带有明显的叛逆色彩。他接着写自己的愿望："将以比岁昏子妇，遂以母养付之，得尽游名山，起僵仆，逃外物，而今已矣。"他要摆脱世俗，逃于外物。

读徐渭的《自为墓志铭》，我们可以感受到中年时代的徐渭与社会的尖锐的冲突：个人才华与科举制度、自己的行为准则与世俗规范、个人志趣与主流价值标准之间都存在着不可调和的矛盾，徐渭的精神被这几股大力撕扯、冲撞。与强大的社会力量相比，个体无疑是弱小的，无论你如何倔强，如何抗争，总归以卵击石，最后受伤的、毁灭的总是个人。写《自为墓志铭》时，徐渭正处于精神的高压之下，来自社会的各个方面的力量已经把他逼到了悬崖边上，他的精神即将崩溃，这时只需一根稻草，就能压垮庞大的骆驼。果然，此后不久，徐渭在癫狂状态下杀死继室张氏，被抓进监狱，度过了长达八年的牢狱生涯。

徐渭《自为墓志铭》前部分继承了王绩《自撰墓志》的写法，既有对自己才华的自负，又有怀才不遇的愤激、佯狂和玩世不恭，显示出凌厉、桀骜、狂放的特质。内省式的表述，因为精神的焦虑而使文字之间笼罩着阴郁、悲怆的氛围，文字沉痛而纠结。这是一个天才的灵魂自白，文本之中积蓄着一股力量，时时冲破纸面撞击读者，犹如徐渭的狂草一样，给人以冷水浇背的感觉。与王绩的《自撰墓志》相比，徐渭的《自为墓志铭》更真挚，更沉郁，是一则袒露灵魂的文本。

二

张岱是清初卓越的史学家和散文家，他的散文让后世读者一见倾心，这位被朋友戏称为徐文长后身的才人在晚年也写了一篇《自为墓志铭》，流行的刊本文末有一句："明年，年跻七十，死与葬，其日月尚不知也，故不书。"由此可知此文作于张岱69岁时。国家图书馆藏清抄本《张子文秕》此句作"明年，年跻七十有五。"按这句来看，写《自为墓志铭》时张岱应为74岁。张岱在文中列举他的著作目录，其中有《西湖梦寻》，而其《西湖梦寻自序》作于康熙十年（1671），即75岁时，此书之成在此稍前，所以《自为墓志铭》作于张岱74岁时较为可信。

张岱前半生繁华清绮，尽享晚明江南风月；后半生穷愁著书，独自咀嚼国破家亡的苦涩。写《自为墓志铭》时，他已经度过一生中最艰难最窘迫的岁月。在此之前，寄托他一生志业的《石匮书》《石匮书后集》业已完稿，他还编撰了大量的其他著作。此刻他有一种轻松感，在这样的时间节点，他开始规划自己的身后事。他要仿效先贤徐渭等人给自己写一篇墓志铭。张岱对自己的感知和评判交织着各式各样的矛盾，一落笔，张岱就以"好精舍，好美婢，好娈童，好鲜衣，好美食，好骏马，好华灯，好烟火，好梨园，好鼓吹，好古董，好花鸟，兼以茶淫橘虐，书蠹诗魔"这样密集的句式述说自己年轻时的生活状态和情趣，这样繁华精致的生活与后半生的"布衣蔬食，常至断炊"形成了鲜明的对比。接着转入对自己的评价，张岱总结为"七不可解"。晚明的时代风尚与传统礼俗规范，个性自由与社会制度之间存在着明显的裂隙，作为越中才子，张岱既受到时代风尚的濡染，又接受了越中士人和家族的传统理念，他充分感应到时代与传统、个体与社会之间的冲突和裂隙，这些矛盾汇集于他身上，形成了所谓的"七不可解"，也带来了价值判断上的困惑："故称之以富贵人可，称之以贫贱人亦可；称之以智慧人可，称之以愚蠢人亦可；称之以强项人可，称之以柔弱人亦可；称之以卞急人可，称之以懒散人亦可。"张岱非常清醒，如果以世俗标准来衡量自己，则一无所成，所以他说："学书不成，学剑不成，学节义不成，学文章不成，学仙学佛，学农学圃俱不成，任世人呼之为败子，为废物，为顽民，为钝秀才，为瞌睡汉，为死老魅也已矣。"

张岱并非没有底气，他接着开列了自己的著作目录,共15种,还有一些如《茶史》等未列入。这部书单包含经史子集四部,尤以史部著作见长,足见张岱学问之博,术业之精,有这些成就,还能说他一无所成吗?在著述书单之后,张岱之笔又转回写自己幼年时两事,一为多病,一为在杭州与陈眉公的妙对,而以"欲进余以千秋之业,岂料余之一事无成也哉"作结,到底是成就了千秋之业,还是一事无成,谁能说得清楚?无限感慨只能付诸言语之外。文末的铭文也要细细看过:

> 穷石崇,斗金谷。盲卞和,献荆玉。老廉颇,战涿鹿。赝龙门,开史局。馋东坡,饿孤竹。五羖大夫,焉肯自鬻。空学陶潜,枉希梅福。必也寻三山外野人,方晓我之衷曲。

他想给自己的所作所为找到古代的典范,然而以自己的情况与古人一对照,就发现巨大的差异,因而出现了"穷""盲""老""赝"等字眼,看来世上很难找到能了解自己的人了,"必也寻三山外野人,方晓我之衷曲"一句，包含了多少辛酸和寂寞！

张岱《自为墓志铭》的言说方式，延续了其一贯风格：半真半假，亦庄亦谐。这样的表达给读者的解读设下了圈套，关于此文的理解真可谓言人人殊，分歧和争议一直不断。张岱文字的魅力就在于此，我们读这篇《自为墓志铭》，应该于其假处见其真，于其谐处见其庄，或许，张岱根本就不希望读者真正读懂它。无论如何，我们在这种独特的表达方式中还是读出了此时张岱沉重、孤独、苦涩的内心。

三

在中国思想文化发展历程中，绍兴地区人才的涌现往往在某一时段呈现井喷的态势，东晋、明中叶至清初、清末至民国就是这样的三个时段。明中叶至清初绍兴人才辈出，人文郁起，出现了一批开创风气、泽被后世的巨匠。徐渭和张岱，分别站在这个井喷时期的起点和终点，他们对后世的文学、艺术的影响是极为深远的。徐渭、张岱的《自为墓志铭》，是两个倔强而深刻的心灵的自白，两篇同题之文读起来既有明显的差异，也有某些相似的精神元素。

两篇《自为墓志铭》展现了徐渭、张岱与正统的社会规范、价值观念的冲突。他们都有强烈的主体意识，不迷信权威，不依傍潮流，自我作主，在学术、文学、艺术领域皆能自成面目，有以自信。这样的主张与作为必然会和社会的正统观念及规范发生冲突，他们也必然要为此付出沉重的代价。徐渭和张岱皆才华卓荦，雄心万丈，然而科场蹭蹬，奔走半生只是一个秀才。徐渭考了八次乡试，最后一次胡宗宪还为他遍向考官打招呼，仍然未能突破瓶颈，铩羽而归。崇祯八年（1635），张岱在浙江提学副使刘鳞长主持的岁考中，被判了五等，使他精神受到沉重的打击。终他们一生，二人都处在与外界社会尖锐的冲突之中，精神承受巨大的压力。写《自为墓志铭》时，徐渭的精神已经趋于崩溃的边缘。而经历过沧桑巨变的张岱在晚年仍然难掩其内心的落寞和牢骚，他以调侃、挖苦自己来平衡心理长期倾斜的天平。晚明是一个张扬个性的时代，作为个性思潮发源地的绍兴，徐渭、张岱《自为墓志铭》

展示了真正发扬主体意识的文人心灵的累累伤痕。

面对来自正统社会的挫折和压力,徐渭、张岱都没有低头,他们以书生的肩头去对抗如磐的暗夜,他们努力寻找表达自我的方式。写《自为墓志铭》时,徐渭的诗文已经形成了自己的风格,他以诗鬼李贺为宗,追求奇诡的意境。此时对于徐渭来说,他的艺术生命刚刚开启,八年的牢狱生涯使他转入了写意画的创作,那些集四时花卉于一卷的《杂花图卷》才是徐渭最好的表达方式,天才的抗争,命运的嘲谑,先驱者的悲怆和绝望,都在水墨淋漓之中得到宣泄与释放。徐渭开创了大写意花鸟画风,写意花卉承载着徐渭的生命表达,那是比文字更直接更有力度的倔强和傲岸。徐渭的狂草突破了传统儒雅温润的书风,点画密如风雨,张力弥满,纵恣狼藉的笔墨充分彰显了书者的性情和心绪。在徐渭晚年,他的水墨花卉基本上都会有他的题诗,这样,诗、书、画融于一体,成为徐渭自我表达最有效的方式。张岱从30岁开始编撰《石匮书》,他把修撰明史作为自己的名山之业,一方面勉力著书,一方面继续参加科举,游走于晚明江南的诗酒风月之中。一半认真,一半颓废;一半庄重,一半戏谑,张岱巧妙地在矛盾中走钢丝,形成了他独特的自我表达方式。既有皇皇史学巨著,又有清新活泼的笔记杂著,《自为墓志铭》充分体现了张岱的个人风格,看似轻松,实则沉痛;看似讥嘲,实则褒扬。

从徐渭《自为墓志铭》到张岱《自为墓志铭》,展现了明末清初越中文化精神的某些特质,其中有这些关键词:抗争、倔强、诙谐。两篇《自为墓志铭》为我们提供了两幅越中奇才的精神素描,两个行走在锋刃上的灵魂的自白。

被写入史书的李贽

——读《石匮书·李贽列传》

李贽是晚明思想界的教主,拥有众多的追随者。他生前身后的争议不断,入清后,李贽成为一个敏感的话题,受到来自不同阵营的学者的批评攻击。李贽的遭遇折射了明末清初思想界的困境,张岱在《石匮书·文苑列传》中为李贽立传,既体现了他对时代思想命题的回应,也表明了自己的立场和观点。

一

张岱将李贽列入《石匮书·文苑列传》,与焦竑合传,这样的安排说明在张岱和晚明文人心中,李贽是以文章著称的文士,不是以讲学为主的理学家。如果是后者,应该将其列入《石匮书·儒林列传》。文苑固然不如儒林尊贵,但更活泼自由一些,符合李贽的思想和文章。焦竑是万历己丑科状元,虽从学于耿定向,却服膺李贽的学说,在李贽遭受攻击驱逐时,尽力为之奔走。李贽、焦竑二人合传,比较合适。

在晚明人写的李贽的传记中,袁中道《李温陵传》是最有深度也最精彩的一篇。公安三袁曾经在龙潭拜访李贽,谈论学问,相互启发,甚为欢洽。袁中道对李贽的生平、思想、人格等有深入了解,他写李贽,能够揭示李贽精神的真面目,对李贽的功过是非给予理性公允的评价。张岱《李贽列传》正文即以《李温陵传》为基础,加以删削而成,如下面这段文字:

> 李贽,号卓吾,温陵人。少举孝廉,以道远,不再上公车。为教官,徘徊郎署,后出为姚安太守。抵任后,法令清简,不言而治。每至伽蓝,判了公事或坐堂皇上,置名僧其间,簿书有隙,即与参论虚玄,人皆怪之,贽不以为意。久之厌圭组,遂入鸡足山,阅龙藏不出。御史刘维奇其节,疏

令致仕归。初与黄安耿定力善，罢郡，遂不归，曰："吾老矣，得一二胜友，终日晤言，以遣余日，足乐矣，何必故乡也！"遂携妻女客黄安。中年得数男，皆不育。体素癯，澹于声色。又癖洁，恶近妇人，故虽无子，不置妾婢。后妻女欲归，趣归之，自称流寓客子。定力死，贽遂至麻城龙潭湖上，与僧无念、周友山、丘坦之、杨定见聚。闭门下楗，日以读书为事。性爱扫地，数人缚帚不给，衿裾浣洗，极其洁白，拭面濯手，有同水淫。不喜俗客，客不获辞而至，但一交手即令之远坐，嫌其臭秽。其欢狎者，镇日言笑。意所不属，寂无一言。滑稽排调，冲口而发，既能解颐，亦可刺骨。所读书，抄写为善本，东国之秘语，西方之灵文，《离骚》班马之篇，陶谢柳杜之诗，下至稗官小说之奇，宋元名人之曲，雪藤丹笔，逐字雠校，肌劈理分，时出新意。其为文不阡不陌，抒其胸中之独见，精光凛凛，不可迫视，而好恶颇与人殊。诗不多作，大有神境。亦喜作书，每研墨伸纸，则解衣叫跳，作兔起鹘落之状，其得意者，亦自可爱，瘦劲险绝，铁腕万钧，骨棱棱纸上。一日，恶头痒，倦于梳栉，遂去其发，独存鬓须。贽气既激昂，行复诡异，斥异端者，日益侧目。其与耿定力往复辩论，每一札累累万言，发道学之隐情，风雨江波，读之者高其识，钦其才，畏其笔。始有以幻语闻当事，当事者逐之，于时左辖刘东星迎之武昌，舍盖公之堂。自后屡归屡出，梅国祯迎之云中，焦竑迎之秣陵。无何，复归麻城，时又有以幻语闻当事，当事者又误信而逐之。火其兰若。而马御史经纶遂躬迎之于北通州。

其中"耿定力"应为"耿定理"，"其与耿定力往复辩论"之"耿定力"应为"耿定向"。接下来，张岱又摘抄《李温陵传》未录的张问达弹劾李贽的奏疏：

> 礼科张问达疏奏：邪士李贽，立言乖僻，举止怪异，所著书惑世诬民。寄居麻城，谓大道不分男女，作《观音问》一书，士人妻女若狂，渎乱失常，莫此为甚。

张问达的奏疏代表官方正统派人士的观点，指出李贽的著作言行对士人思想和社会风气的负面影响。撮抄张问达的奏疏，是李贽传记题中应有之义。

下面就是记述李贽的死亡情况：

> 疏上，缇骑逮之下诏狱。马御史与俱。罪止发回原籍，火其所著书。会旨不下，贽曰："我年八十何所求，安能常抑抑求生乎？"候马御史及侍者他出，遂以薙发刀自刭死。马御史哭之恸，乃为之大治冢墓，建佛刹以祀之。

正文的最后，交代李贽的著作情况：

> 贽素不爱著书，初与耿子庸辈辨论之语，多为掌纪者所录，遂裒之为《焚书》。后以时义诠圣贤深旨，为《说书》。最后理其先所诠次之史，焦弱侯刻之南京者，是为《藏书》。晚年读《易》，著书曰《九正易因》。参释道二乘者曰《丛书》，出之游戏者曰《批点水浒传》。其余如《续藏书》

《西游记》《三国志》诸书，俱属坊间赝本，非先生手笔。

此段"耿子庸"亦应为"耿定向"，这里所列出的李贽的著述目录，虽然也并不详尽，但较《李温陵传》更为全面，尤其是指出托名李贽的坊间赝书，也说明李贽在晚明社会的巨大影响力。《石匮书》中的传记正文，一般都有文献来源，《李贽列传》记叙李贽生平，抓住李贽一生大关节，文末介绍他的著述情况，符合文人传记的规范。

二

李贽去世之后，声名更响，《焚书》《藏书》等几乎人挟一册，大量托名李卓吾的评点之作和伪书不断涌现，它们给书贾带来可观的利润。万历、天启、崇祯三朝，天下崇拜李贽的不在少数，而批评李卓吾的声音也未断绝，入清后尊崇李贽的风气衰歇，李贽受到更为尖锐的批评。

明末，凡是肯定李卓吾著作的多为性灵文人，每个人对李卓吾的理解也有深浅差异。王思任《题李卓吾先生小像赞》云："西方菩提，东方滑稽。箭起鹘落，刀骣牛飞。快如嚼藕，爽则哀梨。是非颠倒，骂笑以嬉。公之死生，《藏书》《焚书》。"王思任赞叹李卓吾析理论事如庖丁解牛，游刃有余，读其著作，像吃梨、藕那样爽快，沁人心脾。汤显祖推崇李贽的思想，提倡"至情"，写下了惊天动地的《牡丹亭》。公安三袁得到李贽的点拨开导，提出"不拘格套，独抒性灵"的主张，开启文学革新的序幕。冯梦龙以李卓吾学说为菁萃，倡为"情教"，推动拟话本小说创作的高潮。

明亡前，批评李卓吾的多为有官方身份的人，如崇祯朝大学士吴甡说："温陵李卓吾所论著多新奇可喜之说，其害人心也最烈。彼以冯道为因时，秦桧为有功，为近日失身卖国者作俑，遗祸无穷，不可不急为距放也。"（《柴庵寱言》卷上）吴甡品节在崇祯朝的大学士中还不算坏，这个论调把崇祯后期军事、政治上的失败与李卓吾的著作联系起来，要把当下军国大事失利的责任推到李卓吾的头上，似甚无谓。这是典型的中国古代官方思路，找一个已死的有争议的文人为当下的政事背锅，既避重就轻，也为自己开脱。朱国祯曾在天启朝任大学士，他在《涌幢小品》卷一六评论说：

> 今日士风猖狂，实开于此。全不读四书本经，而李氏《藏书》《焚书》，人挟一册，以为奇货。坏人心，伤风化，天下之祸，未知所终也。李氏诸书，有主意人看他，尽足相发，开心胸；没主意人看他，定然流于小人，无忌惮。

这段话虽然以批评为主，后来的顾炎武、王弘撰都延续了朱国祯的论调，但朱国祯的意见比较全面，分析得也很深入。他认为，李贽的著作，有主见的人读了会开阔心胸，而没主见的人读了会成为无所忌惮的小人。在程朱理学体系里，圣贤的修炼极其艰难，让很多人望而生畏，而从王艮、罗汝芳到李贽强调明心见性，他们大大简化或者忽略修炼的工夫和过程。避难就易乃人之常情，晚明大多数尊崇李卓吾的人都是冲着这一点来的,他们找到了恣情纵欲地生活并不妨碍修道证学的理论依据,公众根据自己的需要把李卓吾塑造成权威和偶像。一种流行的社会风气需要多种因素的作用,李卓吾成为一种符号后,注定要为晚明士风和明朝灭亡买单。朱国祯并没有完全抹煞李卓吾,他的意见和顾炎武、王弘撰、王夫之还是有很大差别的。李卓吾一生不迷信权威,不崇拜偶像,但在他的身后,社会公众把他捧成权威和偶像,这是历史的吊诡之处。

《石匮书·李贽列传》正文后张岱发表了自己的评论:

> 李温陵发言似箭,下笔如刀,人畏之甚,不胜其服之甚。亦惟其服之甚,故不得不畏之甚也。《异端》一疏,瘐死诏狱,温陵不死于人,死于笔;不死于法,死于口,温陵自死己耳,人岂能死之哉!

把李贽的言论、文字比作箭、刀,非常贴切,抓住了李卓吾的要害,刀锋是李贽人生和思想最贴切的象征。在思想定于一尊的时代,当偶像和权威受到质疑时,会引起社会的恐慌,不管是从权威或偶像获得利益者还是深信不疑者,都对质疑者深恶痛绝。李贽晚年回顾生平经历,自称"平生不爱属人管",即天性爱自由,"余唯以不受管束之故,受尽磨难,一生坎坷,将大地为墨,难尽写也"(《豫约·感慨平生》)。有洁癖的人一般都是狷介之士,眼里容不下沙子,《卓吾论略》记时人对他的评价:"子性太窄,常自见过,亦时时见他人过,苟闻道,当自宏阔。"这为他晚年的命运埋下了伏笔。他忽视了自由的边界,小瞧了社会对个体自由的约束力量,他的言论不仅让耿定向恼羞成怒,也让许多不相干的人震惊愤怒,他得罪的不仅仅是耿定向一个人,而是一个群体,一个掌握大量政治、社会资源的群体,他的刀锋所指,有手起刀落的快意,然而被划伤的群体也会奋起反攻围剿,李贽被抓捕入狱不是偶然的。

三

张岱是认同并支持李贽的思想和著作的，他也受到李贽多方面的影响。张岱的大部分著述都可归属于史部，他偏爱史部著述，固然与家族文化传统有关，李贽的影响也占有相当的分量。《李温陵传》说："盖公于诵读之暇，尤爱读史，于古人作用之妙，大有所窥。"以自己的观点和体例编排史料，中间加入作者的点评，是李贽常用的史著编辑形式，如《初谭集》，是李贽将《世说新语》和《焦氏类林》两书的材料，按照夫妇、父子、兄弟、师友、君臣这样的人伦关系重新编辑，通过批点、评论来阐发自己思想的作品。张岱第一部著作《古今义烈传》即在前代史书中汇集义烈之士的传记，文末系以张岱所作的赞语，其编辑方式与体例可以看出是学习了李贽的相关史著。《快园道古》则以《世说新语》的体例编排明代文人的言行轶事，《史阙》汇集正史中的一些表现人物性格、心理的细节，都与李贽的史著有一定的渊源。李贽的四书评点著作为《四书评》，张岱把他的四书读书札记称为《四书遇》。李贽晚年读《易》的著作为《九正易因》，张岱也作有《大易用》等。

在晚明王学传承谱系中，李贽师承罗心隐，发挥泰州学派"百姓日用之道"的思想，提出："穿衣吃饭，即是人伦物理；除却穿衣吃饭，无伦物矣……学者只宜于伦物上识真空，不当于伦物上辨伦物。"（《答邓石阳》）这个观点开启了晚明士人注重日常生活和世俗生活的思路。张岱对江南城市风俗的细致观察和精彩描绘，可以在李贽这里找到源头。李贽在罗心隐"赤子之心"的基础上提出"童心说"，李贽认为："夫童心者，真心也……夫童心者，绝假纯真，最初一念之本心也。"（《童心说》）突显童心的真实、原初的特质，引发了晚明求真尚俗的文艺思潮。张岱是沐浴此思潮成长起来的，在他的文艺思想中，求真是一个核心理念，如《张子说铃序》中所说"亦得其真，得其近而已矣"。在张岱的文艺批评中，"真气"与"深情"紧密地联系在一起，他的那句脍炙人口的人物品评说："人无癖不可与交，以其无深情也；人无疵不可与交，以其无真气也。"（《祁止祥癖》）他在诗文中经常使用"一往深情"这个词，这里可以看出在同为求真的前提下，李贽强调真实的原初性，而张岱注重真实的深邃性，张岱所谓的"一往深情"，与汤显祖所标举的"至情"的内涵有相通之处。"童心说"经过袁宏道、汤显祖、张岱等人的继承发展，向内开拓出丰富深厚的艺术境界。

"童心说"还有另外一层含义，即不迷信圣贤权威，坚持自己的主张和判断，李贽被指为异端、无忌惮之小人，均缘于此点。张岱在读书治学和文艺鉴赏创作上都主张自出手眼，不为权威和风气所转。对于四书文义的理解，他注重在朗诵白文时的体会和在日常生活中的领悟，对朱熹的注解有接受，有质疑和反驳。他对族弟张毅孺编选《明诗存》的标准忽而竟陵忽而七子深致不满，提出严厉批评，强调要"自出手眼"，他自述："不肖生平崛强，巾不高低，袖不大小，野服竹冠，人且望而知为陶庵，何必攀附苏人，始称名士哉？"（《又与毅孺八弟》）张岱的诗歌创作先后学习过徐渭、袁宏道、钟惺和谭元春，最后摆脱诸家，以自己的独立面目存世。正如他在《琅嬛诗集自序》文末征引《世说新语·品藻》中殷浩的话："我与我周旋久，宁作我。"《石匮书》写成后，有"大老"认为"此书虽确，恨不拥戴东林，恐不合时宜"（《与李砚斋》），张岱不为时论所屈，坚持自己的见解。

晚明是一个张扬个性的时代，我们现在经常说的晚明启蒙思潮，一方面是指晚明时代张扬人的感性欲望，另一方面则是张扬主体意识，尤其是独立思考和判断的能力，即知性主体，这应该是晚明启蒙思潮的核心内容。个性并非仅仅是感官欲望的自由宣泄或者文人的狂狷作派，它应该与独立的人格和思想紧密相连。张岱充分肯定人对于饮食男女的感性需求，他的诗文中有相当数量的以食物为题材的作品。但张岱更强调人的知性主体，更注重在学术和文艺中发表独立的见解，这才是张岱关于个性的要义所在，也是我们解读张岱的关键所在。从李贽到张岱，晚明思潮不断向内深化，理性色彩不断加强，这是一个稳健的发展方向，思想和文艺都可由此开启新的时代，虽然历史的进程阻断了这个发展趋势，但四百年后人们又重新发现了张岱，张岱的意义还在，他与当下有千丝万缕的联系。张岱，需要我们深入地解读。

观照西方文化的立场和思维
——读《石匮书·利玛窦列传》

万历年间,意大利传教士利玛窦在中国与士大夫交游,他带来了西方的天主教、自然科学知识及自鸣钟等精密仪器,引起了明代知识阶层的震动。利玛窦面向中国信众适当放宽天主教的教徒规范,又用严密、精确的天文、历法和数学等自然知识吸引中国的知识阶层,发展了一批信徒,也对晚明社会产生了较大的影响。不少文人在诗文、笔记中记述了利玛窦的言行和学说,从中可见晚明知识阶层对利玛窦的理解和接受。面对历史上和平的西学东渐,执政者和知识阶层的态度在某种程度上决定了中国此后的走向。

一

利玛窦通过学习汉语，研读儒家经典，改穿汉服，取得与明朝士大夫交流的资格，引起了知识阶层的注意。李贽《与友人书》记述了他对利玛窦的印象：

> 承公问及利西泰，西泰大西域人也。到中国十万余里，初航海至南天竺始知有佛，已走四万余里矣。及抵广州南海，然后知我大明国土先有尧、舜，后有周、孔。住南海肇庆几二十载，凡我国书籍无不读，请先辈与订音释，请明于《四书》性理者解其大义，又请明于《六经》疏义者通其解说，今尽能言我此间之言，作此间之文字，行此间之仪礼，是一极标致人也。中极玲珑，外极朴实，数十人群聚喧杂，雠对各得，傍不得以其间斗之使乱。我所见人未有其比，非过亢则过谄，非露聪明则太闷闷瞆瞆者，皆让之矣。但不知到此何为，我已经三度相会，毕竟不知到此何干也。意其欲以所学易吾周、孔之学，则又太愚，恐非

是尔。(《续焚书》卷一)

李贽非常欣赏利玛窦的才能和风度,用"标致"一词来形容其风采,出人意料之外,读来不禁莞尔。站在中国传统思想资源的立场上,李贽并不愿意接受利玛窦带来的天主教义和西方自然科学,他也不明白利玛窦到中国来的目的。这与徐光启、李之藻服膺、接受西方自然科学的态度有很大的差别,代表了晚明知识阶层对西学的一种立场和态度。

袁中道在他的日记《游居柿录》里也记录了他对利玛窦的观感:

> 看报,得西洋陪臣利玛窦之讣。玛窦从本国航海来,凡四五年始至。初住闽,住吴越,渐通华言及文字,后入都,进所携天主像及自鸣钟于朝,朝廷馆谷之。盖彼国事天,不知佛。行十善,重交道,童真身甚多。玛窦善谈论,工著述,所入甚薄,而常以金赠人。置屋第童仆甚都,人疑其有丹方若王阳也。然窦实多秘术,惜未究。其言天,

体若鸡子，天为青，地为黄，四方上下皆有世界。如上界与下界人足正相邻。盖下界者，如蝇虫倒行屋梁上也。语甚奇，正与《杂华经》所云"仰世界，俯世界，侧世界"语相合。窦与缙绅往来，中郎衙舍数见之。寿仅六十，闻其人童真身也。

在袁中道的眼里，利玛窦基本上算是江湖术士，通晓炼金之术，对于利玛窦的天体学说，袁中道用佛经义理予以解释，这是把外来的思想学说纳入本土的思想知识体系中，也代表晚明知识阶层对待西学东渐的一种态度。中道有龙阳之癖，特别关注利玛窦的私生活，由此亦可窥见明末士人的隐微心理。

位于东南沿海的福建士人能够打破地域界限，试图把中国的儒家学说和西方的天主教义融合会通，如莆田人姚旅在其所著《露书》中评论利玛窦说：

人有异域，其道、其情一也。读此，谁谓海外无人哉！世每少异域，夏虫耳，然生中华而徒有其胸，反不彼若矣，不愧杀乎！近西域琍玛窦作自鸣钟，更点甚明，今海澄人能效作，人谓外国人巧于中国，不知宋蜀人张思训已为之，以木偶为七直人以直七政，自能撞钟击鼓矣。

地域虽有差别，但人情和道理是一致的，须在这个前提下去理解认识西方文化，这是比较高明的见解。名列阉党的张瑞图在赠给传教士艾儒略的诗中写道：

> 昔我游京师，曾逢西泰氏。贻我十篇书，名篇畸人以……孟氏言事天，孔圣言克己。谁谓子异邦，立言乃一揆。方域岂足论，心理同者是。

诗中鲜明表达要打破地域界限，在相同的人情道理的基础上会通孔孟和《畸人十篇》的见解，我们不能因为张瑞图的品节有争议而忽视他关于西学东渐的态度。

徐光启面对明王朝末期政治、经济、军事的危机和传统思想信仰的崩溃，在寻求富国强兵的策略和重建思想信仰的过程中遇到了西方传教士，他深入了解和学习西方传教士带来的天主教义和自然科学知识,他称赞这些传教士的品德和学问说:"泰西诸君子,以茂德上才,利宾于国。其始至也,人人共叹异之,及骤与之言,久与之处,无不意消而中悦服者,其实心、实行、实学,诚信于士大夫也。"他尤其推重西方的自然科学,认为:"更有一种格物穷理之学,凡世间世外、万事万物之理,叩之无不河悬响答、丝分理解,退而思之,穷年累月,愈见其说之必然而不可易也。"(《泰西水法序》)西学虽然精深,徐光启并没有匍匐其下,他提出:"欲求超胜,必须会通;会通之前,先须翻译。"(《历书总目表》)这是以宏大的气魄和深远的眼光形成的思路,也是中国知识阶层应对西学最为理性和平实的态度。徐光启还皈依天主教,他意识到天主教义可以补儒易佛,他试图整合天主教义和儒家思想,重建新的思想信仰体系,给传统的儒家思想注入新鲜的血液,这个思路在明末也相当超前。

二

张岱在他的明史著作《石匮书》中的《方术列传》中附《利玛窦列传》，其体例和内容都值得我们仔细考查。先将《利玛窦列传》全文移录如下：

> 利玛窦者，大西洋国人，去中国八万里，行三年，以万历八年始至。自彼国而抵海，乃登大舶，可容千五百人者，千人摇橹，茫无津涯，惟风所之，数万里而达海南诸国。自海南诸国，又数万里而达粤西。自言其国广大，不异中国，有七十余国，正北亦有虏，防之亦如中国之防虏，有坚城、火器、弓矢，内地虽城不必坚。此七十余国，各有主而不自尊，尊惟教化主，其令能废置诸国主而俯听焉。教化主者，起于齐民。初有圣人仁德者设是教，严事天主，天主者，天神也。天主有母无父，至今家家皆像天主母、天主及圣人而祝之。教之所尊者三：一天，二父母，三君。而窦来中国，始知有佛教，言佛尊己不尊天，不足事也。其圣

人亦著书，比吾之六经，凡为诸生者，须市数十金之书，乃给。而试一书生，须数月之力。其俗凡读书学道者不娶，中制科为荣耳。中制科，亦不必就官，从此而往为耆旧，耆旧约有二三千人，而推其中之齿德最高者，为教化主，共辅之。故教化主甚尊，威福予夺生杀，脱于口，行于七十余国中，以至长治而不乱焉。俗三十始娶，无二妻，虽国主亦尔。无子则传侄，家有三子者，二子不娶，犹子即其子也。女多亦不嫁，亦以银钱为用，玉石非罕不为珍，金锡以为器。国无盗，百年有一盗，以为怪而堕之。历以节气为断，不数月，无占卜谶术。好楼居，以避湿，楼可走马旋而上。国主出，则人簇而观，慰劳之，不辟人。国主亦籍教化主，以弹压其国。教化主，虽宦不婚，无内累，则私营寡，而征求少，又夹持以多贤，起于齐民，终于齐民，不公平何之，故长为人所宗。此合孔、墨、老、释、桓、文为一人，而势足行其德者也。且婚配少，生齿不繁，于是少私寡欲而赡裕。虽国主亦束于制，无二色，复何淫辟昏荡之有哉！

俗自有音乐，所为琴纵三尺横五尺，藏椟中，弦七十二，以金银或炼铁为弦，各有柱，端通于外，鼓其端而自应窦，以此献天子。又有自鸣钟，秘不知其术，而大钟鸣时，小钟鸣刻，以定时候。尝言彼国人，他无所长，独长于天文，有晷器，类吾浑天仪。又有四刻漏，以沙为之。他尚多其类。早起拜天，愿己今日，不生邪心，不道邪言，不为邪行。晚复拜天，陈己今日，幸无邪心，无邪言，无邪行。久则蚤晚愿己生如干善心，道如干善言，为如干善行，如此不废。著书皆家人语。窦始至肇庆、赣州，复至南昌，学汉音，读孔氏书，故能通吾言。始来偕十余人，死亡大半。自二十五离家，犹童子体。尝为《山海舆地全图》，荒大比邹衍，言大地浮于天中，天之极西即通地底而东，极北即通地底而南，人四面居其中，多不可信。窦游南都，从礼科给引，以其天主像三及自鸣钟诸物来献，道经临清，为税阉马堂搜而献之。腊月入京师，馆饩于礼部。礼部请冠带之，听其自便，不报。窦亦自言幼慕道，逾艾不娶，无子。非有他觊,惟闻圣化远来,得安插居已矣,馆饩非所敢望,亦不报。资用亦不乏,每市药入,一日辄与人,人言有丹术云。万历三十七年死,葬于京师,其徒庞峨迪仍居京师,王封肃等散居南京、淮安、武林,各以其教,耸动士民,从者甚众。南京礼部侍郎沈㴶,再疏论驱诸广东,后复散居各地,聚徒如故。所著有《西士超言》数十余卷。

《石匮书》曰:天主一教,盛行天下,其所立说,愈诞愈浅。《山海经》《舆地图》,荒唐之言,多不可问。及所出铜丝琴、自鸣钟之属,则亦了不异人意矣。若夫《西士超言》一书,敷词陈理,无异儒者。倘能通其艰涩之意,而以常字译《太玄》,则又平平无奇矣,故有褎之为天学,有訾之为异端,褎之訾之,其失均也。

张岱本人没有与利玛窦直接接触过,也未见他与其他传教士交流的记载。他关于利玛窦的了解基本来自当时文人的记录,他家族与西学也有一定的接触,他的祖父曾为利玛窦的《西士超言》作《小引》,

收录于杨廷筠的《绝徼同文纪》，此书刊刻于万历四十三年（1615）。张岱在《利玛窦列传》中提到利玛窦的著作只有《西士超言》，当是受到祖父的影响。《西士超言》已经散佚，但此书是利玛窦《畸人十篇》的缩写本。《畸人十篇》成书于万历戊申（1608），以设为问答的形式阐释天主教义，《四库全书总目》评论说："其言宏肆博辨，颇足动听。大抵掇释氏生死无常、罪福不爽之说，而不取其轮回、戒杀、不娶之说，以附会于儒理，使人猝不可攻，较所作《天主实义》纯涉支离荒诞者，立说较巧。以佛书比之，《天主实义》犹其礼忏，此则犹其谈禅也。"《四库全书总目》将其收在"子部杂家类"。张岱认为《西士超言》"敷词陈理，无异儒者"，如果去除其艰涩的文词，所说的道理也"平平无奇"，这个评价不算高，却也指出了利玛窦的努力方向，即力图以中国儒、释、道的思想资源来解说天主教义。

三

张岱的《利玛窦列传》通过综合利玛窦的相关著述和其他人的记述，介绍了西欧诸国的宗教信仰、政治体制、日常生活和风俗习惯等，也记述了利玛窦来中国传教的经历和代表性的地理学观点。总览全传，张岱此传的重心是对西洋诸国社会风俗和政治、宗教情况的传述，作为史家的张岱，一直比较重视政治史和社会风俗、民间生活。他比较详细地介绍了西方天主教崇拜的神灵和信众日常的宗教生活，在宗教影响下形成的政治体制。他特别指出，西方的教化主"虽宦不婚，无内累，则私营寡，而征求少，又夹持以多贤，起于齐民，终于齐民，不公平何之，故长为人所宗"，这与万历皇帝派遣太监到各地征税开矿以聚敛钱财形成鲜明的对比，文中评论说："此合孔、墨、老、释、桓、文为一人，而势足行其德者也。"文字之外的讽刺意味隐约可见。对于西洋诸国的宗教、政治及社会风俗，晚明文人记载甚少，《明史·意大里亚传》也语焉不详，张岱《利玛窦列传》在选材的角度上显示了作者了解外部世界的努力，在某种程度上突破了以中国为中心的框架。关注西洋诸国的政治体制和社会风俗，与徐光启的关注点形成了互补的格局，二者结合，才能对西学有全面深入的了解。

在《利玛窦列传》中，张岱对利玛窦带来的西方自然科学和精密仪器评价不高，他只肯定了利玛窦的历法。《石匮书·历法志》记述万历时期修订历法的情况："此时利玛窦以西学流入中国，所传西洋历法迥异寻常，其时推测占候颇亦有验，而钦天监、灵台保章诸官以为外夷而轻视之，遂与之凿枘不入。故终利玛窦之身而不得究其用，则是西学虽精而法以人废也。"传中认为利玛窦关于地球和舆地的观念"多不可信"，而像自鸣钟这样的精密仪器也"了不异人意"，在这些方面，张岱的思想显得保守，甚至有点盲目自信，不如徐光启视野开阔，理性客观。张岱更为关注利玛窦的思想著作，在西学已经流行的风气里，张岱认为既不能把利玛窦的思想学说褒之为天学，也不能訾之为异端，他主张要带着冷静公正的态度来认识利玛窦其人其书，他力图摆脱简单的褒贬而进入更高的理解外来学说的思维层面，虽然他没有具体地说明如何去实践。事实上，他的视野和知识结构还不具备真正实践这个目标的能力，但这个见识无疑是高明的。其实，无论是中西会通，还是中学为体、西学为用，都要以客观准确、全面地理解西学为前提，任何一种带着功利或成见的前置观念都会影响对西方思想学术的理解。西学东渐，是晚明以来中西文化交流的大命题，中华民族有过惨痛而屈辱的教训。即使在现在，张岱的观点对当前和今后仍然有启示意义。

利玛窦及其后的传教士，带来了西方的天主教义和自然科学，面对全新的思想学说和知识体系，中国知识阶层的态度差异甚大，不少士人认为利玛窦的学说荒诞不经，只能以异端视之。也有不少人崇尚这些思想和知识，正如《明史·意大里亚传》说的那样："其所著书多华人所未道，故一时好异者咸尚之。而士大夫如徐光启、李之藻辈，首好其说，且为润色其文词，故其教骤兴。"西学的传播也引起了明朝保守官员的警觉，多次上疏驱除传教士，将之提升至国土安全的高度来考虑，沈德符则认为："今中土士人授其学者遍宇内，而金陵尤甚。盖天主之教，自是西方一种，释氏所云旁门外道，亦自奇快动人。若以为窥伺中华，以待风尘之警，失之远矣。"（《万历野获编》卷三〇）虽然视西学为旁门外道，但沈氏有相当自信的文化心理，没有谈虎色变。利玛窦及传教士给中国知识阶层打开了一扇窗户，中国士人的应对态度体现了古老的中国文化是否具有自我更新能力，匍匐于西学脚下不行，斥西学为异端也不足取。钱谦益在《列朝诗集小传》的《谭元春小传》中说："天丧斯文，余分闰位，竟陵之诗与西国之教、三峰之禅，旁午发作，并为孽于斯世。"这种深文周纳的思维方式才是中国文化的顽疾。作为一位布衣学者，张岱对利玛窦的认识和理解不算深刻，他基本上把利玛窦看作术士。但张岱的态度还是比较客观的，而他力图超越简单褒贬的思路尤其具有启示意义。

热闹和苍凉
——《扬州瘦马》的人性之思

张岱是个爱热闹的人,晚明江南的风月场中没少留下他的踪迹,南京秦淮河畔的旧院、杭州西湖的六桥、嘉兴南湖的烟雨楼、扬州的二十四桥……不过,细读张岱的诗文会发现,他混迹风月场,基本上是陪客的身份,主角并不是他。正因如此,他才有足够的时间和闲情去细细地观察。在扬州,他多次陪着要买妾的朋友去挑瘦马,写下了脍炙人口的《扬州瘦马》,简净热闹的文字之后,还有一些沉重苍凉的东西。

一

"瘦马"一词,出自白居易《有感三首》之二:"莫养瘦马驹,莫教小妓女。后事在目前,不信君看取。马肥快行走,妓长能歌舞。三年五岁间,已闻换一主。借问新旧主,谁乐谁辛苦?请君大带上,把笔书此语。"明末扬州"养瘦马"成为一时风尚,它是一种商业模式,顾名思义,即低价买回瘦马驹,养肥了再高价售出,商家赚取高额差价。在明末的扬州,养瘦马是指主家低价买下小女孩,抚育培养,长到十七八岁,再高价卖给官员或富商为妾。扬州是明清时期南北水路交通的枢纽,商人多聚居于此,城市繁华,娱乐业极为发达。只要有足够的金钱,如古人所说,腰缠十万贯,骑鹤下扬州,世间一切奢靡享乐之事都能在这儿找到。晚明的江南,繁华富庶,享乐之风盛行,扬州是全国最大的享乐中心,对于官员和富商,多蓄姬妾是礼法许可的人生享乐之事,正如李渔所说:"人处得为之地,不买一二姬妾自娱,是素富贵而行乎贫贱矣。"(《闲情偶寄·声容部》)买妾比狭斜之游更为风光体面,《陶庵梦忆》里有多篇记述明末士绅蓄养姬妾的情形。到扬州买瘦马是当时官员和富商的时尚,明末的笔记和小说中对此多有记述描写。谢肇淛《五杂俎》卷八云:

> 维扬居天地之中，川泽秀媚，故女子多美丽，而性情温柔，举止婉慧。所谓泽气多，女亦其灵淑之气所钟，诸方不能敌也。然扬人习以此为奇货，市贩各处童女，加意装束，教以书、算、琴、棋之属，以徼厚直，谓之"瘦马"。然习与性成，与亲生者亦无别矣。

指出扬州独特的山川风土使这里的女子既有美丽的容貌，又聪明温柔。王士性《广志绎》卷二说：

> 广陵蓄姬妾家，俗称养瘦马，多谓取他人子女而鞠育之，然不啻己生也。天下不少美妇人，而必于广陵者，其保姆教训，严闺门，习礼法，上者善琴棋歌咏，最上者书画，次者亦刺绣女工。至于趋侍嫡长，退让侪辈，极其进退浅深，不失常度，不致憨戆起争，费男子心神，故纳侍者类于广陵觅之。

经过教育训练的扬州瘦马明确自己的身份，能够得体地处理大家庭里的事务，她们还有一技之长，可以娱乐主人，或者帮助主人管理家务。扬州养瘦马者是根据市场需求来培养瘦马的，这种模式符合市场经济规则。沈德符《万历野获编》卷二三云：

> 今人买妾大抵广陵居多，或有嫌其为瘦马，余深非之。妇人以色为命，此李文饶至言。世间粉黛，那有阀阅。扬州殊色本少，但彼中以为恒业，即仕宦豪门，必蓄数人，以博厚糈，多者或至数十人。自幼演习进退坐立之节，即应对步趋亦有次第。且教以自安卑贱，曲事主母，以故大家妒妇，亦有严于他方、宽于扬产者，士人益安之。予久游其地，见鼓吹花舆而出邗关者，日夜不绝。更有贵显过客，寻觅母家眷属，悲喜诸状，时时有之。又见购妾者多以技艺见收，则大谬不然。如能琴者不过颜回或梅花一段，能画者不过兰竹数枝，能弈者不过起局数着，能歌者不过【玉抱肚】【集贤宾】一二调。面试之后，至再至三，即立窘矣。又能书者更可哂，若仕客则写吏部尚书大学士，

孝廉则书第一甲第一名,儒者则书解元会元等字,便相诧异,以为奇绝,亟纳聘不复他疑。到家使之操笔,则此数字之外,不辨波画。盖貌不甚扬,始令习他艺以速售。耳食之徒,骤见未免叹羡,具法眼者必自能辨。

这段文字显示沈德符阅历丰富,眼光毒辣。他提醒买家不要被那些展示才艺的瘦马的表象迷惑,他认为扬州瘦马流行的关键是她们安于卑贱之位。

二

明末清初记述扬州瘦马的文字不在少数,流传到后代,脍炙人口、广为人知的当属张岱《扬州瘦马》。张岱以简练的文笔写活了晚明士人挑选瘦马和迎娶的过程,让读者难以忘怀。张岱开篇写道:

> 扬州人日饮食于瘦马之身者,数十百人。娶妾者切勿露意,稍透消息,牙婆驵侩,咸集其门,

如蝇附膻，撩扑不去。

这是强调瘦马的商业价值，作为一个产业链，围绕瘦马有众多的从业者，天下娶妾者都聚焦扬州来挑瘦马，张岱偏说"娶妾者切勿露意"，不露意怎么能引来牙婆驵侩呢？对于想娶妾的人来说，这正是他们想要的效果，张岱却写成"如蝇附膻，撩扑不去"，好比苍蝇追逐腥味一样，他对娶瘦马的厌烦之意溢于言表，给全篇定下了基调。

下文的内容分为两大股。一股写相亲，张岱以白描笔法描绘相亲和迎娶的过程及场面，历历如在目前：

> 黎明，即促之出门。媒人先到者，先挟之去，其余尾其后，接踵伺之。至瘦马家，坐定，进茶，牙婆扶瘦马出，曰："姑娘拜客！"下拜。曰："姑娘往上走！"走。曰："姑娘转身！"转身向明立，面出。曰："姑娘借手睄睄！"尽褪其袂，手出，臂出，肤亦出。曰："姑娘睄相公！"转眼偷觑，眼出。曰："姑娘几岁了？"曰几岁，声出。曰：

"姑娘再走走！"以手拉其裙，趾出。

文字功夫达到这个程度，算是登峰造极了，中国散文史上能和张岱匹敌的高手屈指可数。在写相亲时，张岱于流动的画面中予以特写："然看趾有法，凡出门裙幅先响者，必大；高系其裙，人未出而趾先出者，必小。"以行家的口吻指点看小脚的诀窍，可见当时男性对女子三寸金莲的迷恋，在某种程度上甚至超过了容貌。这样的程式不断重复，"看中者，用金簪或钗一股插其鬓，曰'插带'；看不中，出钱数百文赏牙婆，或赏其家侍婢，又去看。牙婆倦，又有数牙婆踵伺之。一日二日，至四五日，不倦亦不尽"，然后又插入张岱的评论："然看至五六十人，白面红衫，千篇一律，如学字者，一字写至百至千，连此字亦不认得矣。心与目谋，毫无把柄，不得不聊且迁就，定其一人。"在张岱看来，这种简单地、重复地展示瘦马体貌特征的程序看多了，会让买主产生千人一面的感觉，标准已经缺失，只能随便确定一人。这样的结果与之前的过程相比，显得滑稽可笑。

接下来写迎娶的过程:

> "插带"后,本家出一红单,上写彩缎若干、金花若干、财礼若干、布匹若干,用笔蘸墨,送客点阅。客批财礼及缎匹如其意,则肃客归。归未抵寓,而鼓乐盘担、红绿羊酒在其门久矣。不一刻而礼币糕果俱齐,鼓乐导之去。去未半里,而花轿花灯、擎燎火把、山人傧相、纸烛供果牲醴之属,门前环侍。厨子挑一担至,则蔬果、肴馔、汤点、花棚、糖饼、桌围坐褥、酒壶杯箸、龙虎寿星、撒帐牵红、小唱弦索之类,又毕备矣。不待复命,亦不待主人命,而花轿及亲送小轿一齐往迎,鼓乐灯燎,新人轿与亲送轿一时俱到矣。新人拜堂,亲送上席,小唱鼓吹,喧阗热闹。日未午而讨赏遽去,急往他家,又复如是。

这里有一个关键环节,要在红单上批财礼及缎匹满足主家的要求,"则肃客归",下面的事情就不用买妾者费心了,迎娶过程中的一切人员、器物皆已备办齐全,"不待复命,亦不待主人命",所有程序都在客人的惊诧中快速完成。这些人员皆为养瘦马产业链条上的从业人员,在前一家"日未午而讨赏遽去,急往他家,又复如是",迎娶过程完全程式和商业化了,虽然也"喧阗热闹",却缺少了正常婚礼中浓郁的人情,所有的参与者都是在做一份有报酬的事,他们的笑脸是装出来的,他们每天都这样操练,感情早已麻木,整个过程完全背离了传统婚礼的核心。这一段文字张岱倒是没有插入议论,只是白描,简练传神的白描,文字中的节奏感极强,读者仿佛可以感受到那在扬州天天上演的场面,不知不觉之间,被张岱精彩的文字带入现场。这看似高效而热闹的过程的结尾是空荡荡的,没有生命,没有热情,没有精气神,读到最后,只有失落和怅惘。此时的张岱好似一个高明的导演,用生动细腻的场面把观众引向预设的情感、价值取向。

相亲程式的机械呆板,迎娶过程的程式化,这一切都源于养瘦马的商业性,瘦马作为一件商品被挑选和出售,以瘦马为核心形成了一个巨大的产业链和众多的从业人员,相应地形成一套成熟的运营模式。张岱抓住运营模式中的相亲和迎娶环节展开描绘，渗透着张岱对这种模式的厌恶和嘲讽，这种切入视角和表述形式体现了张岱关于人性的思考。

三

明末的江南城市，弥漫着享乐之风，而关于女性、爱情和婚姻的观念也突破传统礼教的规范，出现了一些新的现象和思想。此时最为活跃的是秦淮河畔的青楼才女，她们既有艳丽的姿色，又有高超的才艺，深得士人的青睐，秦淮名妓和士林才俊的风流韵事也被当作佳话传播，像柳如是与钱谦益的结合，颇有惊世骇俗的效果。复社名士作为明末士人中的清流，他们与秦淮名妓的交往也被视为名士风流，当然也有一些正统的士人对此不以为然，黄道周就批评过复社名士与秦淮名妓的诗酒唱和。这些名士的行为在当时极具影响力，出入青楼只是士人生活的一个侧面。而众多的官员和富商则热衷于蓄养姬妾，在家中可享受声伎之乐。扬州是明末最大的采买姬妾的市场，这个产业带动扬州经济的繁荣和社会风气的奢靡。明亡前,张岱也可以称得上是江南名士,但他与那些复社名士的政治立场、社会地位、经济实力等都有很大的差距,单单就经济实力来看,张岱就不太具备出入秦淮风月场的条件,他应该多次陪亲友到扬州挑选瘦马,因为熟悉,才有精细的描绘和深入的思考。

从张岱的生平和诗文著作来看,张岱尊重女性的人格,欣赏她们的性格和才华。在他的观念里,女子是人,而不是商品,他的家伶夏汝开临死前把自己的妹妹抵押给他,夏汝开死后,张岱不但不去追索旧账,还准备船只粮食送夏汝开的母亲和弟妹回老家,让其妹嫁一个好人家。张岱对这件事的处理充分体现了他对女性的态度,一个人的生命不是能和金钱等同起来的。张岱并不认同晚明流行的"女子无才便是德"的说法,他欣赏有才有德的女性,尤其那些个性鲜明、才华卓荦的女子,如"性命于戏"的演员朱楚生,"才子佳人聚一身"的闺塾师黄媛介,"含冰傲霜"的秦淮名妓王月。他同情扬州钞关那些半夜还招徕不到客人的低级妓女,他从她们的"笑言哑哑"中听出了凄楚之音，想象她们摸黑回去将受到虐待。没有一颗仁厚之心，没有一双深情的眼睛，怎能写出这样深沉的文字？

　　尊重女性，把女子当人看，而不是当作商品。即使是娶妾，也要有庄重的仪式，而不是商业化的流水线。这两个思路决定了《扬州瘦马》的写作角度和表达方式，热闹的场面蕴藏着张岱的嘲讽和同情，干净利索的文字之中是张岱绵延的泪水和深沉的思索。"必也寻三外野人，方晓我之衷曲"。

后　记

这本小书是我研读张岱的第二本著作,除前言外,由17篇细读张岱散文名篇的文章组成。书中所收文章最早写于2010年,此后跟随自己的兴趣和思路边读边写,到今年结集出版,已有14个年头了。

以细读的方式把自己这十多年来研读张岱的心得呈现出来,是在完成《张岱探稿》之后寻求与张岱匹配的言说模式的选择。经过一段时间的研究,我发现张岱的散文经典名篇涉及明末清初思想学术、社会生活和文学艺术的不同领域。对这些作品的深入解读,必须以比较系统地掌握它们所涉及的具体领域的专业知识为前提,仅仅常识性的了解是远远不够的。因此十多年来跟随张岱,我研读了相关理论著作和明清笔记杂著。在本书中,我主要通过勾勒文献,建构张岱散文名篇写作的背景或语境,然后探究张岱散文作品与其写作背景或语境的交流互动,从中可以碰触到张岱活泼灵转的文心和文字背后张岱的文化精神。这就是本书中多次提及的邂逅相遇,也是我们研究张岱的意义所在。本书没有全面展开对张岱的评述,而是抓住若干重要篇章,关联张岱精神和人格若干重要面相,作深入的散点透视,使张岱文化精神中一些深层的内涵得以显现。

选择细读的方式也与我从事明清散文教学实践有关。那些平常岁月的课堂上的讲解和交流,沉淀之后也促使我深入思考张岱散文名篇的内涵和魅力,书中有的文字还带着课堂的情绪和温度。作为张岱的研究者,我非常喜欢黄裳先生相关书话的行文风格,其中不乏严肃的学术品质,但写得生动活泼,有见解,有感情,有文采。即使是考证性的文章,也能娓娓道来,引人入胜。我写细读张岱的文章,也是朝这个方向努力的。

读一校校样期间,正是清明谷雨时节,文徵明诗云:

"谷雨乍过茶事好,鼎汤初沸有朋来。"郑板桥也有诗说:"正好清明连谷雨,一杯香茗坐其间。"且去吃茶。

张则桐

癸卯谷雨于漳州百里弦歌